Viaggio di maturità

progetto grafico di Gaia Stock

ISBN 978-88-477-2478-5

www.edizioniel.com

Deborah Gambetta

Viaggio di maturità

Edizioni EL

A mia madre,
semplicemente.

Un ringraziamento a Chiara
per l'opportunità.

... cercate la vostra anima,
andate a fiutare il vento, andate via, lontano.
Jack Kerouac, *È un amico, fallo sognare*

L'estate del 1997 accadde qualcosa che io, Becco e Lele non avremmo mai dimenticato.

Forse perché avevamo diciotto anni quell'estate. O forse, semplicemente, perché ci sono esperienze che ti cambiano e ti fanno crescere. Che tracciano un confine, come un solco profondo sulla terra umida. Esperienze che rimangono lí, nel cerchio della memoria e che rappresentano un trapasso, un passaggio veloce, una variazione minima o uno scarto improvviso. Pietre miliari al centro della coscienza che non si possono cancellare.

L'esame di maturità era passato sulle nostre vite veloce e momentaneo come una meteora. Le aveva attraversate rapido, e la sua eco si era spenta subito senza lasciare tracce. Forse solo un vago ricordo, di quelli nebulosi e indistinti, di quelli che non riesci a trattenere perché sommersi da altri, piú forti e piú vivi.

A rendere speciale quella estate non era stato l'esame di maturità. Forse la coscienza che una fase della nostra vita si era appena conclusa, o forse quello strano viaggio attraverso l'Italia, pieno di incastri, di cose trovate e di cose perse. Era stato questo a rendere speciale quella estate. I nostri diciotto anni, la nostra amicizia e quel viaggio.

Perché ci sono momenti della vita che lasciano il segno. E quello che accadde quella estate non l'avremmo mai dimenticato.

CAPITOLO PRIMO

L'inizio è un inizio come tanti.

Da vero masochista all'ultimo stadio ho acceso lo stereo e ho messo su la canzone piú triste del mondo. Poi mi sono sdraiato sul letto e ho preso la sua foto in mano, quella che le avevo fatto al mare l'anno scorso, *Gallipoli, 10 agosto 1996*, e che tengo sul comodino. La guardo. Abbronzata, bikini azzurro e volto sorridente. Glielo sfioro appena, il volto, all'altezza delle labbra appena piú in alto, sotto la punta del naso.

Mentre la guardo mi dico che magari oggi ce la faccio a non piangere, ma appena i Sottotono iniziano a cantare la famosa canzone piú triste del mondo, quella lenta e struggente che dice *mi volto indietro per cercare di capire*, ecco che scoppio in lacrime come un bambino a cui hanno rubato il gioco preferito. Le lacrime premono calde sotto le ciglia, e poi scivolano giú lungo le guance. E bruciano la pelle. Come graffi.

Non solo il dolore mi sembra insopportabile, una stretta umida alla bocca dello stomaco, ma faccio anche fatica a respirare. Forse è davvero dolore, o forse è solo quest'afa che impregna ogni cosa, immobilizza l'aria e mi appiccica le lenzuola alla pelle.

Cerco un perché per cui dare il meglio / cerco un motivo per restare sveglio, cantano ancora i Sottotono.

E intanto, mi dico, sono all'inferno.

È stata lei, la mia ex ragazza, il motivo di quel viaggio.

Mi aveva lasciato tre giorni prima degli esami. Un lapidario *non ti amo piú* scarabocchiato su un fazzolettino di carta infilato nel freno del mio scooter erano state le sue uniche parole.

Avevo affrontato gli esami nella piú totale incoscienza. L'agitazione dei miei compagni di classe era lontana da me mille miglia, un altro mondo, una sorta di quarta dimensione che non mi toccava minimamente. Il fatto è che l'unica cosa di cui m'importava era lei.

Lei. Due anni insieme e poi piú nulla.

Per giorni l'avevo sommersa di telefonate. Mi diceva *ne riparliamo dopo i tuoi esami*, poi gli esami erano finiti e non era cambiato niente. L'avevo aspettata sotto casa, l'avevo pregata, quasi supplicata. Avevo sperato e pregato, pianto e sperato ancora.

Ma lei non mi aveva dato nessuna spiegazione. Solo quel *non ti amo piú* che per me non voleva dire niente.

E poi era partita per Gallipoli insieme ai suoi genitori. In vacanza. A casa degli zii.

In vacanza.

Fino a settembre.

Ci sono le impronte delle mie dita sulla foto. Piccoli aloni opachi che le trasformano il sorriso in un ghigno. Allontano la mano e gli aloni si riassorbono.

Dopo averti regalato tutto quel che avevo / mi hai lasciato solo l'anima...

Sí, è proprio come essere all'inferno. Credo.

CAPITOLO SECONDO

Sono le sei di sera e sono insieme a Becco e Lele in un bar del centro. Sapevo che li avrei trovati lí. A Bologna i posti dove andare sono veramente pochi, alla fine di luglio.

Fa ancora troppo caldo e i jeans mi fasciano le gambe e sembrano trascinarmi verso il basso. Sono sudato, appiccicoso, neanche ci fossi arrivato a piedi e di corsa in centro.

Lele mi saluta sollevando una mano dal bracciolo della sedia. Becco alza appena gli occhi dal libro che sta leggendo e dice *oh*.

Rimango a sedere sul sellino dello scooter. Improvvisamente mi prende una gran tristezza, con questo caldo e questo sole che fondono e assorbono tutto in una patina gialla e pesante. Rimpiango il guscio della mia camera, il lenzuolo umido di caldo e le canzoni tristi.

Il pensiero di lei si fa piú forte. E allora per ricacciarlo nel fondo buio che ho dentro la testa guardo Lele e Becco e mi perdo nei dettagli. Mi ci perdo sempre nei dettagli quando sto male. E adesso quello che vedo è solo il colletto stretto della camicia di Becco, una ciocca bionda dei suoi capelli che si curva a ricciolo sulla punta del naso, le sottolineature a matita sulla pagina del libro che tiene sulle ginocchia, e poi ancora, uno a uno, altri dettagli, come la mano di Lele agganciata al bicchiere di cocacola, le goccioline di condensa che gli scivolano sotto i polpastrelli, la punta del suo piede che segue il ritmo della canzone che esce dalle porte del bar.

Carmen Consoli e la sua voce a singhiozzo.

I miei occhi si fissano sull'aria immobile. Su quell'atmosfera estiva che avvolge ogni cosa come in una pellicola trasparente e viscida. Che rallenta e soffoca tutto. E che attutisce i suoni, i movimenti e i colori.

Sto per mettere in moto e andarmene quando Lele dice *si va a Rimini stasera?*

– Neanche se mi vieni a prendere sotto casa, mi paghi per uscire e mi offri da bere tutta la sera, – risponde Becco senza staccare gli occhi dal libro.

– Non l'ho chiesto a te, guardavo Ale, non te.

– Ale è in piena crisi sentimentale e il rutilante mondo delle discoteche potrebbe dargli il colpo di grazia, – dice Becco.

– Ma che ne sai tu!

– Ma piantala.

– Ma piantala tu!

Vanno avanti per un pezzo. Fanno sempre cosí, Becco e Lele. E mentre li osservo in silenzio mi chiedo come facciano ad essere amici, loro due. Mi chiedo come facciamo, noi tre, ad essere amici.

Ma non lo eravamo prima di quel viaggio. Lo capimmo dopo, alla fine, che prima veri amici non lo eravamo mai stati realmente.

Me lo chiedo. Le amicizie che nascono sui banchi di scuola, al liceo, sono strane. Non te li scegli gli amici, a scuola. Ti capitano. E noi tre eravamo cosí diversi.

Il soprannome Becco glielo aveva messo Lele per via del naso e proprio il primo giorno di scuola. Si è sgraziati e goffi a tredici anni. Sproporzionati. E la prima cosa che si notava in Becco era proprio il naso. Sottile. Ma lungo e con la gobba.

Eravamo finiti in fondo all'aula, in tre banchi vicini.

– Ehi, Becco, prestami una penna che la mia non scrive.

– Non mi chiamo Becco! Mi chiamo Adriano.

– Adriano non me lo ricorderò mai.

E cosí quel soprannome gli era rimasto. Anche se adesso il naso si notava molto meno.

Non ho mai capito se a Becco desse fastidio quel nome. Era un distaccato Becco, un *contemplativo*, come diceva lui. Inutile dirlo, era il primo della classe. Studiava e scriveva in continuazione. Alla domanda imbecille della professoressa di italiano su cosa avremmo voluto fare da grandi, lui, serio e un po' annoiato, aveva risposto: *lo scrittore. O forse il poeta. Non so.* Lele gli aveva riso in faccia e al primo compito in classe di greco Becco si era vendicato. Lele gli aveva fatto arrivare sul banco un biglietto con su scritto: *come si traduce tétegmai?* Allora Becco, con tutta calma, gli aveva fatto cenno di aspettare. Aveva sfogliato il vocabolario, ci aveva pensato, aveva guardato la versione e alla fine aveva scritto la risposta: *vai a pagina 1833 del vocabolario. Arrangiati.*

Loro due erano cosí.

Lele considerava Becco, con tutti i suoi libri di poesia e tutte le sue citazioni colte, un intellettualoide rompiballe e Becco considerava Lele l'incarnazione del concetto di ignoranza, la quintessenza della superficialità e non da ultimo un viziato.

Che Lele fosse un viziato e un superficiale lo pensavo anch'io. Anche se a volte lo invidiavo. Oltre ad essere bello e pieno di soldi – suo padre era notaio e sua madre avvocato – con le ragazze aveva sempre avuto una fortuna sfacciata. Tutte gli correvano dietro e tutte, una volta mollate, piangevano. Perché lui le donne le cambiava con la stessa facilità con cui ci si cambia una camicia.

E io lo invidiavo.

– Tu sei un sentimentale, – mi diceva. E detto da lui non sapevo se fosse un complimento o un'offesa.

Vanno avanti per un pezzo a litigare. Non sono mai d'accordo su niente, loro due. Sono troppo diversi. Siamo troppo diversi, noi tre. Per Becco esistono solo i libri e le parole. Per Lele le ragazze e le discoteche, per me... be', forse sono solo l'anello di congiunzione, un ponte fra i loro mondi, una sorta di collante. O di paciere.

– Hai intenzione di startene appollaiato sul tuo *scuterino* tutto il pomeriggio? – dice Lele socchiudendo gli occhi per il sole.

– Me ne torno a casa. Non è storia oggi.

Becco richiude il libro e mi guarda. Mi fisso sul suo pollice che tiene infilato tra le pagine per non perdere il segno. Ci scompare fra quelle pagine. Come inghiottito da una bocca.

– Ci penserai tutta l'estate? – chiede.

– A che?

– A lei.

– Sí. No. Non lo so. Lunedí comincio a lavorare con mio zio.

– Vai a fare il muratore? – chiede Lele. Dice *muratore* piegando gli angoli della bocca verso il basso. La sua espressione è esattamente quella che si dice una espressione di disgusto.

– Incredibile –. Per Lele ogni cosa che comporta fatica, sporco e sudore è *incredibile*.

– Magari ci penso di meno, – dico.

– Uh. Bella estate. Bella davvero. E tu, – chiede rivolto a Becco, – che fai questa estate?

– Un interessantissimo corso di pittura. E anche uno di scrittura creativa.

– Meraviglia! Una vacanza trasgressiva, eh?

Dall'espressione di Becco mi dico che adesso ricominciano a litigare.

– E tu? Che fai? – mi affretto a dire.

– Mio padre mi ha pagato un viaggio di un mese in Inghilterra. Parto martedí. Vi spedirò una cartolina.

Ma noi non lo sapevamo ancora, quel pomeriggio, che dietro a quelle parole c'era in realtà una scheggia di tristezza. Non lo sapevamo che non erano quelle le cose che volevamo fare. Che nessuno dei tre avrebbe fatto quello che si era proposto, questo, non lo sapevamo ancora.

La decisione di raggiungerla in Puglia mi si forma in testa senza preavviso. Arriva dal niente e mi esplode dentro, sboccia come un fiore.

– Ragazzi io parto, vado da lei.

– Tu sei pazzo, – dice Becco guardandomi da sotto in su come se pazzo lo fossi davvero.

È sera e soffia una leggera brezza. Ci sono alcune nuvole in cielo, rotonde, grosse e viola. Hanno i contorni argentati, quasi opachi, quelle vicino alla luna. Forse verrà un temporale. Le nostre parole si perdono un po' nell'aria.

Siamo seduti al solito bar e ci stiamo annoiando a morte.

– Prendo il treno, magari domattina. Vado giú, le parlo e poi torno. Quanto credete che mi ci voglia? Due giorni? Due giorni e mezzo?

– Tu sei pazzo.

Guardo Lele per avere almeno da lui un po' di sostegno. Anche lui mi guarda, anzi a dire il vero mi sta proprio fissando e quel suo modo di fissare mi fa paura. Sta pensando qualcosa, e non mi piace quando Lele pensa e fissa contemporaneamente. E ancora di piú quando pensa, fissa, e sta zitto.

– Voi non capite un tubo, io sto male e voi non capite un tubo. Si vede che non siete mai stati innamorati.

– È il tempo che hai perduto per la tua rosa che ha fatto la tua rosa cosí importante, – dice Becco citando *Il Piccolo Principe* di Saint-Exupéry. E lo dice lentamente, modulando la voce in un tono basso, assorto. Lontano. Come se lo dicesse a se stesso. Mi aspetto che Lele gli risponda una cosa tipo *e questo che cazzo c'entra adesso*, invece non dice niente. Continua a fissarmi, insistente e silenzioso. A lungo. Cosí a lungo che mi sembra stia succedendo da una vita.

Ma alla fine parla. Gli occhi gli si illuminano, apre la bocca e dice: – Ti accompagniamo noi.

– Cosa? – dice Becco.

– Cosa? – dico io.

Lele si raddrizza sulla sedia. – Ho avuto un'idea meravigliosa. Prendiamo la mia macchina, quanto hai detto? Due giorni...

– Non ci penso neanche, – interviene Becco. – Io? Due giorni insieme a te?

Lele non lo ascolta nemmeno. – Oggi cos'è, giovedí? Partiamo domattina e sabato, massimo sabato notte siamo a casa...

– Scordatelo! – continua Becco. – Metti che succeda qualcosa? Lunedí iniziano i miei corsi...

– E lui deve andare a lavorare e io devo partire per l'Inghilterra. E allora? – ribatte Lele stizzito. – Ce la facciamo. Tu cosa pensi?

– Non lo so... – E non lo so davvero. Sarebbe la prima volta che facciamo qualcosa insieme, noi tre.

– Andiamo... – È eccitato e agitato, Lele. Come un bambino. O come se questo viaggio fosse davvero importante per lui.

– Sono solo due giorni, e poi ognuno farà quello che deve fare... Sarà divertente. Sono appena due giorni...

E invece, i giorni, furono molti di piú.

Ma noi, questo, non lo sapevamo ancora.

CAPITOLO TERZO

– Allora sacco a pelo?

– ...?

– E dove vorresti dormire al *Ritz*?

– No, però...

– Va bene il sacco a pelo, okay?

Quando alla fine Lele era riuscito a convincerci avevamo passato un'ora a discutere sul come e sul dove avremmo dormito. Appena avevo pronunciato la parola *sacco a pelo* era successo il finimondo. Lele, il volto contratto in un'espressione di orrore puro, aveva cominciato a dire che *io per terra non ci dormo, in mezzo a un prato tu sei matto, e ci saranno le formiche, e ci hai pensato alle vipere e se piove che cazzo facciamo e se e se.*

– Ti sei dimenticato l'invasione delle locuste, – aveva detto Becco. E giú di nuovo a litigare.

Sono in ritardo di due ore. Faccio avanti e indietro alla finestra per vedere se arrivano e intanto mi dico che se hanno cambiato idea tanto meglio. Non sono piú cosí convinto. Né di voler partire né di volerlo fare con loro.

Mia madre entra in camera mia. Sento la porta schiudersi, piano, e subito dopo il fruscio morbido delle sue ciabatte sul pavimento. Pochi passi, forse un paio. Non dice niente, non subito almeno. Sento che mi guarda. Me lo sento sui capelli e sulla nuca, il suo sguardo. Assente, lontano. Silenzioso.

Lei non condivide la mia decisione, dice che non serve a niente, lei. Ieri sera ha detto: *alla tua età è normale lasciarsi. Sono cose che succedono.* Ma io lo so a cosa si riferiva. Anche quando è morto papà ha detto *sono cose che succedono*. Solo che quella volta piangeva ed era triste. Io ero piccolo, e quello che ricordo piú di tutto, lí nel cimitero, mentre tirava il vento cosí forte che i fiori si piegavano sugli steli e i cipressi ondeggiavano contro le nuvole cariche di pioggia e la terra si sollevava in sbuffi marroni mentre i becchini ricoprivano la bara, quello che ricordo piú di tutto, mentre cercavo per la prima volta di perdermi nei dettagli, nei dettagli e nei colori, quelli dei cappotti di tutta la gente che ci si stringeva addosso e faceva venire voglia di gridare, nei dettagli e nelle forme, quelle delle cose che mi giravano attorno e tremavano liquide dietro le ciglia, quello che mi ricordo piú di tutto, quel giorno, sono proprio le lacrime di mia madre, la sua tristezza e quelle parole di rassegnata accettazione.

Sono cose che succedono, ha detto ieri sera. *Se è quello che vuoi, è giusto che tu lo faccia*, mi dice adesso, mentre è sulla porta della mia camera e io le giro le spalle.

Sorrido e mi volto.

– Sempre che Becco e Lele arrivino, – dico.

– Vedrai che arriveranno.

– Mio padre mi ha lasciato la Mercedes, cosí abbiamo anche l'aria condizionata, – dice Lele saltando giú dalla macchina.

Becco abbassa il finestrino e, con un muso che gli sfrega per terra, dice: – Sai che bello! Ci mancano i pinguini, qui dentro.

– Che è successo? – chiedo.

Lele apre il baule, mi sfila dalle mani sacco a pelo e zaino e li getta dentro. – C'è che qua il signorino crede di andare a un convegno letterario. Guarda quanta roba si è portato, – continua indicando la pila di libri sul sedile posteriore. Getto un'occhiata attraverso il lunotto. Blake, Neruda, Pavese, Whitman e l'immancabile Borges. Becco adora Borges.

– E tu allora? Lui crede di andare in crociera. Devi vedere quante maglie. E tutte di marca, il figo.

– E non hai visto la musica. Beethoven, Mozart, *Pergolini*...

– Pergolesi!

– Roba da collasso, insomma...

– Senti, – adesso Becco mi sembra davvero incazzato. Scende dalla macchina e sbatte la portiera. – Io non ci volevo neanche venire, e se ti dà cosí fastidio posso anche tornarmene a casa...

– Non mi dà fastidio, è che sei cosí...

– La vogliamo smettere? – urlo. – Non siamo ancora partiti e già vi sbranate per delle scemenze. Sono io che non resisto due giorni con voi!

– Okay, okay, – si affretta a dire Lele alzando le braccia. Poi pianta l'indice sotto il naso di Becco e dice: – Ma ti avverto: alla prima poesia che ci leggi voli fuori dal finestrino.

– *Devo giustificare ciò che mi ferisce. Non importa la mia fortuna o la mia sventura. Sono il poeta.* Che ve ne pare?

– Giuro che te lo faccio ingoiare, quel libro!

Ormai il centro di Bologna ce lo siamo lasciato alle spalle. Stiamo percorrendo l'ultimo tratto di tangenziale prima di immetterci in autostrada. Fa caldo. Becco ha letto Borges ad alta voce finché Lele per farlo stare zitto non l'ha accontentato e ha spento l'aria condizionata.

Sono seduto davanti, di fianco a Lele. Becco è dietro e adesso sfoglia la cartina stradale. Siamo in silenzio. Perché *Loosing my religion* esce dallo stereo, riempie l'abitacolo e ci zittisce. Ma non sono i R.E.M. a cantarla. Sono gli Swandive. E la voce della cantante è una carezza languida che scivola sulle note, buca la musica e arriva dritta al cervello.

Quando entriamo in autostrada direzione Ancona, gli 883 cantano un vecchio pezzo: *Rotta per casa di Dio*.

Rotta per casa di Dio.

E forse non è un caso.

CAPITOLO QUARTO

Lele si è portato il cellulare. Non abbiamo percorso neanche venti chilometri che già ha squillato quattro volte. Sono le sue *sbarbine*, come le chiama lui. Ogni volta che il telefono suona, apre lo sportellino, abbassa il volume della radio, e a tutte, senza cambiare nemmeno una virgola, dice le stesse cose. *Oh ciao bellissima come stai, sí sto andando via, sí che ti richiamo quando torno, certo che ti penso, no non ti preoccupare che faccio il bravo.*

– Ma come fai? – gli chiedo.

Lui sorride sornione. – È questione di pratica. Quando impari quali sono le cose che vogliono sentirsi dire è fatta. Ma la cosa piú importante, – e qui si gonfia come un pesce palla, – è farle capire da subito chi è che regge il gioco. Concedere e non concedere, tenerle sulle spine, insomma.

Lo guardo dubbioso. – Non sono molto convinto...

– E ci credo, – dice Becco da dietro. Ha una matita in mano e sta sottolineando qualcosa in un libro. Non alza neanche lo sguardo. – Ma ti ascolti quando parli?

– Che c'è? – Lele lo fulmina attraverso lo specchietto retrovisore. – Che ne sai tu di donne?

Becco non si scompone. Poi, con un tono di falsa indifferenza, dice: – Io niente. Ma se quelle pendono dalle tue labbra devono avere un cervellino grande quanto il nocciolo di una ciliegia.

– E con questo cosa vorresti dire?

– Uhm, né piú né meno... Ma se tanto mi dà tanto...

Lele lo guarda perplesso. Non credo abbia capito che si è appena preso dell'idiota.

Chiudo gli occhi e mi lascio andare contro il sedile. La Mercedes è una gran macchina, mi dico. Corre sulla strada, morbida e silenziosa. Come se pattinasse sul velluto. O come se scivolasse sospesa nel vuoto.

Fa caldo. I finestrini sono abbassati, ma di poco. Becco dice che se no, dietro, sembra di stare in mezzo alla tormenta. E poi gli svolazzano tutti i fogli degli appunti. Mi chiedo cosa abbia da scrivere in continuazione. L'immagine che ho è quella di lui curvo su un foglio bianco, il ciuffo di capelli biondi che gli scende sulla fronte e il labbro inferiore stretto tra i denti. Legge e scrive, scrive e legge. Con foga. La mano asciutta e nervosa che guida la penna sulla carta, che la costringe, veloce.

È come se Becco avesse fretta. Come se avesse paura di non riuscire a trattenere i pensieri e le parole. Come se temesse una loro fuga. Perché a volte sembra davvero che li stia rincorrendo, i pensieri e le parole. Sembra un direttore d'orchestra, Becco. Di quelli che quando li vedi in televisione, t'incanti a guardarli perché capisci, lo vedi, dal loro volto e dai loro movimenti, che loro non la dirigono semplicemente, la musica. Ma le corrono incontro. La sfidano. E Becco, in quei momenti, mentre il foglio si riempie di una grafia stretta e minuscola, sembra davvero che corra e che duelli.

Apro gli occhi e senza farmi notare lancio uno sguardo a Lele. Mi chiedo a cosa corra incontro, lui. Muove la testa avanti e indietro, al ritmo della musica. Le labbra sporte in avanti e gli occhiali da sole gli danno un'aria dura. Non riesco a credere che sia cosí sicuro di sé come dimostra. Però, forse perché io non lo sono non è detto che non lo debbano essere anche gli altri. Forse quelli che hanno tutto non hanno bisogno di correre incontro a niente. Forse Lele con tutti i suoi soldi, col padre che gli dà la macchina senza battere ciglio, che gli paga le vacanze in Inghilterra, forse, non ha affatto bisogno di duellare.

Non lo so. Non riesco a crederci. Richiudo gli occhi e mi lascio andare di nuovo.

A cosa corri incontro, Lele? E io? A cosa corro incontro, io?

Alcune auto ci sorpassano. Il rumore che fanno è un sospiro rauco, quasi un risucchio. Un singhiozzo che si scioglie lontano. Nell'aria e dentro le orecchie.

Abbiamo superato l'uscita per Faenza da pochi chilometri e adesso comincia ad esserci traffico. Gente che va al mare, a Rimini o a Riccione. Le auto sfrecciano come razzi in terza corsia e Lele che non può sorpassare è costretto a rimanere per un po' nella seconda dietro a una Tipo targata Ravenna. Il bambino biondo che ci guarda attraverso il lunotto dapprima ci sorride e ci saluta, poi ripiega le dita sul palmo della mano e lascia solo il medio sollevato. E questo fa incazzare Lele.

– Ma guarda che stronzo!

– Lascialo perdere, – dico.

– Che succede? – Becco scivola in avanti e sporge la testa fra le nostre spalle.

– Quello ci fa anche le boccacce, ma che vuoi?

– Ma lascia perdere! È un bambino!

– A me sembra un po' cresciuto per fare certe cose!

– Ma che succede?

– Ma niente. C'è quel...

Non ho neanche finito la frase che Lele, diciotto anni quasi diciannove, tira giú il finestrino, stende il braccio, e con una faccia da indiano sul piede di guerra, solleva il dito medio e fa *tiè*!

CAPITOLO QUINTO

– Autogrill? – chiede Lele.
– Autogrill, – dice Becco.
– Ma se siamo partiti da neanche due ore...
– Ma io ho sete...

In genere li adoro gli autogrill. Ma questa volta non so. Sono sensazioni. Pensieri sfumati. Ho fretta di arrivare in Puglia e di fermarmi adesso non mi va. Poi qualcosa comincia a vorticarmi nella testa, una spirale veloce, che confonde. E mentre entriamo nell'area di parcheggio la spirale si ferma e le sensazioni si dilatano in ricordi e i ricordi si asciugano in sensazioni.

Sono come zone di confine, gli autogrill. Oasi in mezzo al niente. Tasselli colorati di un mosaico. Coriandoli sperduti tra il grigio dell'asfalto e il verde degli alberi. Isole dal tempo rallentato al di qua del guardrail.

Quand'ero piccolo non vedevo l'ora che papà dicesse la parola magica. Autogrill. E io, seduto dietro, incollavo la fronte al finestrino e cercavo di catturare con gli occhi i cartelli che indicavano quanti chilometri mancavano. Ma i cartelli erano piú veloci dei miei occhi e io dovevo girare la testa all'indietro.

Piú il numero è grande piú è lontano, diceva la mamma. Ma non mi aveva spiegato che quando c'era scritto 1000 non voleva dire che mancavano mille chilometri. E allora io mi rattristavo, perché mille chilometri erano come la distanza dalla terra alla luna. Una volta glielo avevo chiesto se un uno con tre zeri voleva dire che mancavano mille chilometri. Loro avevano riso e mi avevano risposto di sí. *Però, esiste una magia*, aveva detto papà. *Se chiudi gli occhi e pensi forte forte la distanza si accorcia.* E allora stringevo gli occhi, mi concentravo e facevo la magia. E la magia funzionava, perché dopo pochi minuti sentivo il *tic tic* della freccia e l'automobile che rallentava. Allora aprivo gli occhi e l'autogrill era lí. A volte grande, come questo, a volte solo un semplice bar con toilette a fianco. Ma era lí. E se era notte era illuminato come un'astronave, un organismo gonfio di luci e di movimento, di persone e di voci, frammenti di discorsi che si sovrapponevano e si confondevano in un unico brusio, sommesso e pulsante come un respiro profondo.

Mi piacevano gli autogrill. Gli scaffali con i giochi e le caramelle, la cioccolata e i lecca-lecca grandi dalle strane forme. Il suono continuo della cassa e la fila di gente, tutta diversa. Il camionista stanco e in canottiera e la signora col tailleur, fianco a fianco al bancone del bar con lo stesso cappuccino fra le mani.

Mi viene in mente questo mentre Lele parcheggia. E poi, mentre guardo verso l'entrata, un altro ricordo, quello che se era estate succedeva che c'erano un sacco di ragazzi con gli zaini e le auto scassate. Mangiavano i panini seduti sul marciapiede appena fuori, o sulle scale, tutti insieme, e ridevano cosí forte che mettevano allegria e allora io pensavo che quando sarei stato grande avrei viaggiato anch'io in autostrada e anch'io mi sarei fermato come loro negli autogrill, a mangiare i panini e a bere la coca direttamente dalla lattina. Avrei viaggiato anch'io come loro e senza meta, perché loro, ero certo, andavano ovunque e da nessuna parte. E quella cosa, di stare insieme e di andare per poi fermarsi, mi sembrava davvero la cosa piú bella del mondo.

Mi vengono in mente tutte queste cose. Scendiamo dalla macchina e io sorrido. È una strana euforia, impalpabile, indefinita, ma mi sale attraverso la pelle e penetra fuori, liquida e densa. È come se la vedessi. Un'onda calda e silenziosa che arriva fino a Becco e a Lele e li sommerge.

Lo so che l'hanno sentita.

Lo so. Perché si fermano, mi guardano, e per un attimo, un attimo soltanto, anche loro mi sorridono.

Compriamo tre lattine di coca e un pacchetto di sigarette anche se nessuno dei tre fuma. Giriamo per gli scaffali e Lele si prova tutta una serie di cappellini e cravatte dai colori terribili, seguiamo un gruppetto di ragazze fino alla toilette e poi scappiamo quando queste ci guardano storto. Lo giriamo in lungo e in largo, l'autogrill, e quando vediamo qualcosa di interessante ci chiamiamo ad alta voce da un settore all'altro. Sghignazziamo come stupidi facendo un gran casino finché la cassiera, un vecchio topo grasso con occhiali da clown, alza gli occhi e con una voce dura e fredda come una tavola di marmo ci dice: *zovanotti non siamo mica alla fiera, qui!* Allora usciamo e ci sediamo sul marciapiede. Guardiamo le macchine che entrano ed escono dall'area e spariamo cazzate.

Come ragazzini in gita scolastica.

– Merda! Sono le due e siamo ancora a Forlí, – dico mentre risaliamo in macchina.

– Giuro che adesso facciamo tutta una tirata fino a Gallipoli, – dice Lele. – Massimo un'altra fermata. Ma solo per pisciare –. Lo dice in uno strano modo, però. Inforca gli occhiali da sole e mi sorride, un sorriso storto e buffo. Come se non credesse affatto alle sue parole.

A volte penso che Lele sapesse fin dall'inizio la natura di quel viaggio. Come un demiurgo.

Che crea realtà e fa succedere le cose.

CAPITOLO SESTO

– Se ad Ale concedi Nick Cave, dopo mi fai sentire Pergol...
– Assolutamente no!
– *Salve Regi...*
– No!

Ho dovuto discutere con Lele un quarto d'ora, poi alla fine ha ceduto. *Solo una canzone, però.*

Lele dice che Nick Cave è una lagna. Dice che io e Becco siamo sempre sotto tono per questo motivo. Per via della musica che ascoltiamo.

Però adesso sta zitto.

L'organo basso è un tappeto di seta che ondeggia sotto e sopra e insieme alla voce di Nick Cave. È rauca e calda, la sua voce. È una danza lenta, la canzone. Di voce, di parole e di organo. Pochi accordi di piano come grosse gocce di acqua bollente. Canta *Black Hair*, Nick Cave. Piú che cantare, recita, però. In modo lento, strisciante, insinuante. Teso e morbido come un elastico che non si spezza. O come un serpente liquido che ti scivola dentro il corpo.

Stiamo zitti, adesso.

Cresce di tono, la voce. Si trascina in alto sul tappeto di seta, ma di poco, quasi con fatica. Incerta. È come aggrapparsi con le mani ad un muretto per dare una sbirciata oltre.

Penetra in ogni angolo dell'abitacolo, la canzone. Cola dal tetto sulle nostre teste e si allarga. Sul cruscotto, sui vetri, fra le nostre mani. Dentro il cervello e negli occhi. Le parole sono le parole di un addio. Parla di una ragazza dai capelli neri che ha preso un treno per l'ovest, che se n'è andata via. E quello che lui ricorda adesso è proprio l'odore forte dei suoi capelli sul cuscino e fra le dita. Dei suoi capelli neri come l'inchiostro e come il mare piú profondo.

Si fonde con la strada e con questo pomeriggio assolato, la canzone. Ammorbidisce i colori e rallenta il mondo attorno. Come se viaggiassimo su un nastro d'ovatta sospeso nel niente.

Lele dice che è una lagna, Nick Cave. Però la canzone finisce e ne inizia un'altra. E un'altra ancora.

Guida in silenzio. Una mano sul volante e l'altra abbandonata sul cambio. Becco non riesco a vederlo. Non c'è alcun movimento, dietro. Forse anche loro sentono quello che sento io, anche loro immaginano quello che immagino io. Me lo chiedo.

Sto andando in Puglia dalla mia ragazza insieme a Becco e Lele, che sono miei compagni di classe del liceo, che sono forse amici, ma che adesso scopro di non conoscere affatto. Le cose che rendono amici, sono quelle le cose che non so. Abbiamo trascorso cinque anni insieme. Ogni giorno per cinque lunghi anni abbiamo condiviso levatacce mattutine, compiti in classe, interrogazioni, appunti, scherzi e qualche tiro col pallone nel cortile. Ci sono stati alcuni pomeriggi di studio, qualche uscita serale, impressioni sui compiti e un sacco di litigate.

So che Lele è ricco e che adora suo padre e so che Becco ha una sorella piú vecchia e che da grande vuole fare lo scrittore. Loro sanno che stavo con una ragazza che adesso dice di non amarmi piú.

Ecco quello che realmente sappiamo, l'uno dell'altro. La superficie. Il contorno. L'involucro. Ma cos'è che ama Becco nelle parole e nei libri, cos'è che fa essere Lele cosí superficiale, questo, non lo so. Nessuno dei tre ha mai parlato con l'altro. Loro non sanno che io piango per lei, e non sanno nemmeno quanto questo viaggio sia importante per me. Loro non sanno niente e io non so niente. Eppure c'è qualcosa che ci lega. Un sottile filo che ci gira attorno, una bava di ragno che ci incolla l'uno all'altro. C'è un legame che ci spinge l'uno verso l'altro. C'è un legame se adesso siamo qui e corriamo sulla strada, terza corsia fissa, direzione sud.

– Adesso me lo fai ascoltare Pergolesi?
– Allora non ci capiamo?

CAPITOLO SETTIMO

Una Porsche grigio metallizzato ci è arrivata vicinissima a tutta velocità e ha lampeggiato per chiedere strada. Lele ha dovuto rallentare e rientrare in seconda corsia, e forse dobbiamo ringraziare la Porsche e il furgone che adesso ci sta davanti e che viaggia a non piú dei novanta, se non siamo finiti fuori strada. Perché dapprima il rumore è quello di una esplosione secca e rotonda. Subito dopo, mentre l'auto sbanda a destra e a sinistra, ondeggiando come una barca in alto mare, il rumore è quello sgonfio e ruvido di qualcosa che striscia sull'asfalto.

– Merda, abbiamo forato! – dice Lele.

– Cazzo, per poco non ci schiantiamo!

– Merda, abbiamo forato!

– Avanti accosta, buttati nella corsia di emergenza...

– Ho capito! Ho capito! – risponde Lele guardando Becco attraverso lo specchietto retrovisore.

– Di qua non arriva nessuno, accosta, dài...

– Ma vuoi stare zitto?

Rallentiamo ancora, e mentre una Punto dietro di noi fa fischiare i freni e ci strombazza neanche avesse una sirena, mi dico che qui, oggi, ci lasciamo le penne. Sembra di essere su un treno, o di rotolare su delle palle da biliardo o tutte e due le cose insieme, ma alla fine non solo arriviamo alla prima corsia ma anche alla corsia di emergenza. Lele ferma la macchina e sospira. Ha la fronte e le tempie ricoperte di goccioline di sudore, minuscole e luccicanti come tante capocchie di spillo. Per qualche secondo il tempo si ferma e noi, come tre pupazzi o come tre imbecilli, rimaniamo zitti e immobili a guardare il niente.

Ad un certo punto Lele gira la testa e mi guarda. *Merda abbiamo forato* è di nuovo l'unica cosa che riesce a pronunciare.

– Okay, sangue freddo, – dice Becco. La sua voce, che è quasi un fischio stridulo, ci risveglia. – Io non ho la patente, non l'ho mai cambiata una ruota, però voi...

Ci guardiamo. Triangolo eloquente di sguardi.

– È un disastro, – dice Lele.

– Quale disastro... Adesso cambiate la ruota e...

– Io non la so cambiare la ruota.

– Cosa?

– La ruota. Io non la so cambiare.

– Okay. Non c'è problema, – sospira Becco. – C'è Ale...

– Mai cambiato una ruota in vita mia.

– Cazzo, ma c'è qualcosa che sapete fare?

– E perché non lo fai tu, professore?

– Okay. Fuori il libretto di istruzioni!

– Ma va' a cagare!

Scendiamo e facciamo un giro attorno alla macchina. La ruota forata è quella posteriore sinistra. Dritti come tre birilli sulla linea che separa la prima corsia da quella di emergenza la guardiamo. Dopo un po', non solo mi accorgo che tutti e tre abbiamo incrociato le braccia ma anche che piú che guardarla, la ruota, la stiamo contemplando. La situazione comincia ad apparirmi buffa. – Magari se ci concentriamo si cambia da sola, – dico.

Lele, che è piú nero di un prete al buio, solleva gli occhi dalla gomma e li caccia dentro i miei. Un arco lento e solido che taglia lo spazio.

– Okay, con calma... – dice Becco.

– Piantala di dire *okay*, okay?

– Okay. Però magari se ci fermiamo in una piazz*u*ola... – Lele lo fulmina proprio su quella *u* di piazzuola.

In quel momento un F-14 travestito da tir che passa in prima corsia ci scuote come tre bandierine. Non solo. Ma l'urlo di sirena che ci dedica, lungo e sordo come quello di una nave in un porto, ci succhia via dieci anni di vita e ci fa incazzare come pantere.

– E ridagli con le strombazzate! – urla Lele. Ci spostiamo dietro la macchina e apriamo il baule. Sguardo esitante di Lele.

– La ruota di scorta dovrebbe essere qui...

Becco apre le braccia, esasperato. – Come *dovrebbe*... Non sai nemmeno dov'è?

– Senti, ci vogliamo dare una mossa? – dico. – Non possiamo stare qui tutto il pomeriggio...

Lele che è piegato dentro il baule a cercare non so cosa gira la testa sulla spalla. – Ti ci metti anche tu adesso?

– Se prendevo il treno a quest'ora come minimo ero già arrivato.

– Allora pigliati il treno!

– Almeno tira fuori il triangolo! – dice Becco.

– Lo sto cercando!

– Non lo sai che ci vuole il triangolo...

Lele butta una custodia di plastica addosso a Becco e dice: – Avanti, piglia il triangolo e posizionalo!

– A quanti metri?

– Non lo so. Dieci, trenta che ne so...

– Cerca di essere piú preciso...

– Piglia il triangolo e sparisci!

Da quel momento in poi la situazione precipita.

Il caldo è un guanto infuocato che aderisce perfettamente ai nostri corpi come una seconda pelle. Una tenaglia che stringe la gola e ci spreme come limoni mentre svuotiamo il baule dai sacchi a pelo, dagli zaini e da altre cianfrusaglie.

Sembra di stare all'equatore con il sole a perpendicolo. Una lama incandescente piantata al centro della testa. L'unico momentaneo refrigerio viene dallo spostamento d'aria provocato dal passaggio delle auto. Cosa che apprezzeremmo molto di piú se chi sta dentro le auto la smettesse di suonare e di salutare ogni volta che ci sfreccia accanto.

I venti minuti successivi, tanto quanto ci vuole per capire come si sgancia la ruota di scorta e come si usa il cric, sono un vero e proprio test per misurare la capacità di reazione di una mente sottoposta a pressioni psicologiche ed emotive.

Al quarto *secondo me si fa cosí* di Becco, Lele esplode. Il sudore gli cola dalle guance in grossi rivoli che si allargano e si sciolgono sul colletto della polo.

– Ma che cavolo ne sai tu di auto! Non sei un intellettuale? E allora va' a fare l'intellettuale. Chiuditi in macchina e leggiti un libro!

Ma questo non è ancora niente a confronto della mezz'ora successiva, che è piú o meno quanto ci vuole per capire quali sono le chiavi che servono per svitare i bulloni e che i bulloni si svitano in un determinato senso e solo in quello. E comunque tutto questo non è ancora niente se paragonato all'ulteriore mezz'ora successiva, che è il tempo che impieghiamo a renderci conto: 1) che per svitare i bulloni eccetera eccetera bisogna essere come minimo dei body builder professionisti, 2) che le mani si sporcano in proporzione alla nostra inettitudine, 3) che la ruota se non la si tiene ferma gira e 4) che la lingua italiana possiede piú espressioni colorite di quelle che avremmo mai potute immaginare.

– Un'ora e mezza per cambiare una ruota. Da far scoppiare d'invidia i meccanici della Formula Uno, – dico.

– Zitto e aiutami! E fammi il piacere di rispondere a Becco perché giuro su Dio che lo disfo.

Cosí, gli porgo le chiavi, gli tengo ferma la ruota e rispondo a Becco per le rime quando, con un sorriso a trentadue denti, si sporge dal finestrino e dice *cosa mi fate se vi metto su Pergolesi?*

Alla fine, per la contentezza di avercela fatta, ci salgono quasi le lacrime agli occhi. Lele solleva la ruota bucata e mi guarda.

– Siamo stati bravi, dài!

Sto per dire *niente danni*, quando passa un altro tir. E non solo lo spostamento d'aria risucchia il triangolo sotto le ruote del camion disintegrandolo, ma per reazione all'ennesima strombazzata Lele si stringe la gomma al petto.

Mentre con una faccia da Wile E. Coyote si guarda l'impronta nera del cerchione sulla polo, *Salve regina* di Pergolesi esce dalle casse dello stereo.

CAPITOLO OTTAVO

Mentre eravamo lí, è successo di nuovo. L'abbiamo sentito. Il piacere di stare insieme ci ha attraversato. Alto e limpido come il volo di un'ala sopra la testa.

Sono quasi le quattro del pomeriggio quando ci rimettiamo in marcia. Bologna-quasi Cesena in piú di quattro ore non è male, dico. Ma lo dico senza parlare.

Lele si è cambiato la maglia e ha gettato quella sporca nel portabagagli insieme alla ruota bucata. Non appena è risalito in macchina ha sibilato un *non voglio commenti* che ha inchiodato me e Becco al sedile.

Nero come le nostre mani sporche di morchia, ha guidato in punta di dita e in silenzio fino all'autogrill successivo.

Quando siamo usciti dalla toilette, però, mi ha preso sottobraccio, mi ha sorriso e ha detto: – Adesso ti giuro che ti ci porto dalla tua fidanzata.

Quando penso a lei, penso che vorrei chiedere a Becco e Lele cosa ne pensano. Quando ho detto che volevo partire, non hanno fatto domande. Non hanno fatto domande nemmeno quando hanno saputo che avevamo rotto. Becco si è limitato a fissarmi in quel modo che non si sa mai a cosa sta pensando. Uno sguardo attento e fermo, di quelli che ti spaccano in due, che ti imbarazzano a morte e ti fanno venire il dubbio di aver detto una cazzata. Lele, invece, neanche a dirlo, mi ha passato un braccio attorno alle spalle e ha sospirato un *ah, le donne* carico di significato.

È come se ci fosse sempre stata una sorta di tabú, tra di noi. O una sorta di limite invalicabile. Un confine, una linea invisibile fatta di discorsi e inquietudini e pensieri da tenere nascosti. Metri e metri sotto terra. Come il tesoro di certi racconti d'avventura, o come una vergogna. Di quelle che dici *tanto loro non capirebbero*.

Forse è questo che non ci fa parlare. Questa cosa senza nome che sa di paura profonda e che sta lí, a guardia di quel limite invalicabile, come uno spettro bianco o come una sentinella nera dagli occhi vuoti. A guardia del tesoro da proteggere e della vergogna da occultare.

Con la coda dell'occhio spio Lele e Becco. Becco sta leggendo *La Repubblica*, anzi, in realtà è scomparso dietro il giornale. Lele, gli occhi schermati dalle lenti degli occhiali da sole, guida con la nuca contro il poggiatesta ed entrambe le mani posate sulla parte bassa del volante. Se non fosse perché fa tamburellare il pollice al tempo di una canzone dei Nirvana direi che sta dormendo.

Li spio. E mi chiedo a cosa pensano, in questo momento. E se c'è qualcosa a cui pensano piú spesso. Qualcosa che fa ritardare loro il sonno, che li esilia dal mondo anche solo per pochi istanti, che li lascia indietro, in ritardo, rispetto alle cose che girano.

Adesso, mentre sono qui che li osservo senza farmi notare, protetto dalle lenti scure degli occhiali, vorrei chiederglielo. Cosa pensano di lei e dell'idea di questo viaggio. Dietro queste lenti scure, senza guardarli negli occhi e magari facendo finta di niente.

Adesso. Adesso che siamo qui tutti e tre, estraniati da questa realtà nuova, con un velo di libertà spalmato sulla pelle forse per via di questa strada infinita che sottolinea la terra e ci guida lontano, adesso che siamo qui e che ci siamo da soli, magari, adesso che siamo qui, se glielo chiedo, magari anche loro dissotterrano il tesoro, magari anche loro adesso pensano che hanno voglia di parlare e di rispondere e di dire. Magari anche loro pensano che sia sufficiente rompere il ghiaccio.

Potrei iniziare io. Magari potrei iniziare dicendo, ragazzi, c'è questa cosa che mi gira dentro, ed è importante questa cosa, lo so, perché a volte fa male, è come un gancio d'acciaio appuntato nel cuore, questa cosa.

È lei questo gancio infilato nella carne, lei che mi ha lasciato e che dice di non amarmi piú. E adesso stiamo andando da lei e voi mi accompagnate e allora quello che vorrei sapere è se faccio bene o male a rincorrerla, se faccio bene o male a inseguire questa cosa che giorno dopo giorno mi sembra sempre di piú il contorno di un sogno.

Io non lo so, ragazzi, ma se voi siete miei amici, perché lo siete se mi state accompagnando, dovete dirmelo, se faccio bene o no. Perché a me fa paura questa cosa di lei che non c'è piú, mi fa paura perché, lo so che è banale e forse ridicolo, ma senza di lei mi sento solo. E poi c'è questa altra cosa, questo dubbio che ho e che gratta, grida e si muove come un animaletto rinchiuso in una gabbia. Questo dubbio che è una domanda ed è se anche voi a volte avete paura, se anche voi a volte vi sentite diversi e lontani, o se sono solo io quello che rimane indietro, quasi fermo, rispetto alle cose. Dovete dirmelo, ragazzi, se anche dentro di voi c'è un gancio d'acciaio simile al mio.

C'è la coda all'uscita Rimini-Nord. Mentre sfrecciamo accanto alle macchine ferme, guardo le facce della gente.

Poi mi stanco e torno a guardare dritto.

L'asfalto, in lontananza, è uno specchio d'acqua che esala calore. L'aria, sullo specchio d'acqua, è una vela trasparente che sbatte silenziosa.

CAPITOLO NONO

A nemmeno un chilometro dall'uscita Rimini-Sud, Lele dice *e adesso, tutti a farci un bagno.*

Ecco. Io credo che il vero viaggio sia cominciato a partire da quel momento. Da quella frase buttata lí, quasi per scherzo, e senza pensarci su troppo.

Sí. Credo che l'avventura sia cominciata in quell'istante.

E le cose che vennero dopo furono anelli necessari di una catena infinita. Che partiva da lontano e scendeva dentro di noi.

– Come sarebbe a dire un bagno?

– Un bagno. Un tuffo nell'acqua, una nuotata, insomma...

– Me ne frego. Hai detto niente fermate.

– Scherzavo...

Mentre imbocchiamo lo svincolo mi chiedo perché non l'ho fermato, Lele. Perché, invece di stare zitto, invece di ribattere debolmente, non gli ho detto *no, non se ne parla nemmeno*. Non lo so perché non l'ho fatto. O perché non l'ha fatto Becco.

O forse sí che lo so. Forse perché in quel momento Lele si è tolto gli occhiali e i suoi occhi hanno brillato. Un guizzo appena, ma lucido e profondo proprio al centro dell'iride.

O forse perché quello è stato il momento in cui ho capito che quella cosa importante ce l'aveva anche lui. La stessa cosa mia e di Becco, ma in un certo senso diversa.

Era l'ansia. L'affanno. Quella specie di dubbio o di sottile tormento che ci spinge a cercare e a scavare, quella sorta di confuso, informe e sotterraneo bisogno che hanno alcuni di correre incontro alle cose. Con l'unica differenza che Lele, per sentirsi vivo, non ha affatto bisogno di correre incontro alle cose. Non è come me o come Becco. A lui non serve qualcuno dentro cui rifugiarsi. A lui non serve una dimensione dentro cui perdersi. A lui basta afferrare le cose quando queste gli scorrono accanto. A lui basta aggrapparsi alla loro scia come ci si aggrappa al lembo di una corda, e tenerle strette e farsi trasportare mentre succedono. È questo che forse gli serve per sentirsi vivo. Vivere le cose che gli succedono, tutte e tutte insieme, seguire la scia per vedere cosa c'è in fondo. Tutte e tutte insieme, per vedere dove portano. Tutte e tutte insieme, perché ognuna potrebbe essere quella giusta e portare nel luogo che si stava cercando.

Forse è questo il motivo per cui sono stato zitto e ho lasciato che imboccasse lo svincolo d'uscita. Per quel guizzo veloce negli occhi e per quella cosa importante che hanno solo alcuni. Quella cosa senza forma che forse si chiama inquietudine.

Lele, che è stato previdente, ci presta un paio di boxer.

– Anche il costume firmato, – dice Becco.

– È in queste occasioni che si vede l'eleganza.

– Ma fammi il piacere!

La spiaggia è gremita di gente. Una distesa colorata di ombrelloni e teli da bagno. Una distesa infinita di persone che parte dal bar e arriva fin dentro l'acqua.

Io lo odio il mare: 1) perché al mare ci venivo con lei, 2) perché odio il mare di Rimini in piena stagione. Odio la lotta per conquistarsi mezzo metro di spiaggia, odio gli schizzi di acqua e le vagonate di sabbia quando il simpatico di turno ti corre sopra la testa mentre tu sei sdraiato. Odio il vociare dei bambini, odio le radioline che ti bombardano di musica mal sintonizzata e odio me stesso per essermi lasciato infinocchiare da Lele.

Il mare mi piace solo quando non c'è nessuno. Nemmeno gli ombrelloni. Il mare all'alba. O poco prima del tramonto, quando tutto intorno è silenzio e gabbiani, e l'acqua, il cielo e l'aria si asciugano in un unico ritmo, limpido e perfetto.

– Io non lo sopporto il sole, – dice Becco mentre ci incamminiamo in fila indiana lungo la passerella di cemento. – Io mi scotto, al sole.

Lele che è il primo della fila, si volta appena e dice: – Insomma, ma voi due la vita non sapete proprio godervela. Siamo a Rimini, ragazzi! C'è il sole, un'acqua stupenda...

– Be', proprio stupenda non direi...

– ... e un sacco di ragazze. Ma vi rendete conto? Non c'è posto migliore dove stare.

– Un posto ci sarebbe, – dico. – In macchina diretti a Gallipoli.

– Dio, come sei monotono...

– Non si tratta di essere monotoni, si tratta che stiamo perdendo un sacco di tempo.

– Ehi rilassati. E ti giuro che dopo si va dritti filati...

– Certo, certo, dacci un taglio, va'!

Però, devo riconoscere che un po' ci divertiamo. Specialmente quando Becco ripete per la trecentesima volta *non insistete ragazzi ho detto che il bagno non lo faccio*. Allora, a me e a Lele, ci basta un'occhiata. Becco non fa nemmeno in tempo a dire *ba* che, urlando come pazzi, lo afferriamo per le braccia e per le gambe e lo gettiamo in acqua. È buffo vederlo annaspare a mezz'aria. Ma ancora piú buffo è quando riemerge dall'acqua e con un'espressione stupita dice *meeerda che volo*.

Dopo, ce ne stiamo sdraiati in riva al mare. E devo ammettere che non è poi male. Non è poi cosí brutto il mare di Rimini in piena stagione. Basta guardarlo da un'altra prospettiva. Ed ecco che, cosí ad occhi chiusi, alcune cose sembrano piú profonde e piú lente. Come se nascessero da dentro. Il risucchio delle onde quando tornano indietro, per esempio. Oppure il riverbero dei passi della gente sulla sabbia. Altre cose, invece, sono lontane e confuse. Come le voci e gli schiamazzi, che sono quasi un mormorio ma ancora piú sfumato. E poi ci sono altre cose, quelle che senti con la pelle, per esempio, che sono invece nitide, definite, totali. Il sole che ti asciuga le gocce addosso e sembra quasi che le assorba una ad una. Oppure la brezza. Che è solida e compatta quando si infila fra i capelli bagnati, entra nelle orecchie e le fa fischiare.

Mi rilasso cosí tanto che alla fine mi addormento. E che ho dormito me ne accorgo perché mi sveglio di scatto. L'effetto è quello di una corrente che mi risucchia con violenza verso l'alto.

La voce è quella di Becco. È sdraiato a pancia in giú e adesso mi parla senza staccare gli occhi dal libro che sta leggendo. Mi chiede se mi piace Whitman o qualcosa del genere. Io annuisco d'istinto. Mi giro anch'io a pancia in giú e mi ci vuole un po' per capire che la luce è cambiata. È di una tonalità piú rosa, adesso, quasi arancione. All'improvviso mi ricordo di qualcosa.

– Puoi fare a meno di guardare l'orologio. Sono quasi le sei.

– Le sei? È tardissimo, dov'è Lele?

– Secondo me puoi scordarti di arrivare a Gallipoli stanotte, – dice. Mi guarda col suo solito modo tranquillo e indifferente e io mi agito. Poi, con una lentezza esasperante solleva l'indice della mano destra e indica qualcosa. La linea ideale che il suo dito traccia finisce su un lettino quasi di fronte a noi. E sul lettino quasi di fronte a noi c'è Lele sdraiato accanto a una tipa.

– Lei passava di qui e l'ha riconosciuto. Ti sei perso un grande incontro, sai? Baci, abbracci e un sacco di complimenti. Pensa, si sono conosciuti l'anno scorso proprio su questa spiaggia e si sono amati. Roba di un weekend, ma molto intenso. *Guarda tu il destino*, ha detto lei, *vengo qui dopo un anno e chi ti incontro?* E di nuovo baci e abbracci...

– Ma mi stai prendendo per il culo?

– Ti sembra che abbia voglia di scherzare?

– Ma noi dobbiamo andarcene! Perché non gli hai detto niente? Perché non mi hai svegliato? E smettila di guardarmi cosí!

Mi guarda a lungo, Becco. Mi fissa come se volesse passarmi attraverso. È serio, Becco. E il tono di voce è basso, quasi rauco, quando dopo un po' mi chiede: – Perché hai accettato?

– Accettato cosa?

– Di farti accompagnare da lui.

– Che significa...

Esita un attimo prima di continuare. Il suo sguardo è intenso. Un ponte rigido tra i nostri occhi.

– Lui non ci vuole andare in Inghilterra. Farà di tutto per...

– Ma che stai dicendo?

Distoglie gli occhi da me, adesso. Li abbassa un istante, poi li solleva di nuovo. Guarda Lele e non dice niente. Io fisso il profilo del suo volto, il triangolo del suo occhio che è quasi una fessura. C'è qualcosa che mi sfugge. Che non capisco.

Guardo Lele anch'io. Sussurra qualcosa all'orecchio della ragazza e lei ride.

– Perché non dovrebbe volerci andare in Inghilterra. Si divertirà un sacco là...

– I suoi si stanno separando. È questo il motivo per cui lo mandano via.

– Cosa?

Becco gira di nuovo la testa e mi guarda.

– Farà di tutto per non partire.

C'è qualcosa che mi sfugge e che non capisco. Qualcosa che sta accadendo fuori, a Lele e a Becco. Qualcosa che mi sta accadendo dentro. Fili che si incontrano e che si riannodano. Cose che non so ma che intuisco. È una nuova realtà quella che si sta spalancando.

Mentre sono lí avverto come un brivido che mi passa attraverso e si dilata in Becco. Continuiamo a parlare senza guardarci.

– Tu come lo sai? Della separazione, intendo.
– Lo so.
– Sembra che Lele reagisca bene, però.
– Appunto. Sembra.

A volte succede che le cose cambiano. Un leggero scarto che dura lo spazio di un niente. A volte succede che te ne accorgi che qualcosa sta cambiando. Ma il modo, la forma in cui queste cose cambiano, è questo quello che non sai. A volte succede che le cose che cambiano sono una sensazione forte, un dito che ti gratta dentro, da qualche parte.

Quel pomeriggio, mentre il sole scendeva senza fretta e la spiaggia poco a poco si svuotava, e io e Becco eravamo lí sdraiati l'uno a fianco dell'altro a parlare, è successo che le cose stavano cambiando. Per un attimo dimentico la fretta e il motivo di quel viaggio. Per un attimo l'unica cosa che m'importa è capire la natura di quel filo che ci lega.

– Becco?
– Sí?
– Perché abbiamo accettato?
– Non lo so.
– Ma un motivo ci deve essere.
– Già. Un motivo ci deve essere.

CAPITOLO DECIMO

Farà di tutto per non partire.

Questo pensiero mi rimbalza da una parete all'altra della testa, come una palla troppo alta che io non riesco ad afferrare.

Ad un certo punto Lele si alza dal lettino e viene verso di noi. Dal sorriso ruffiano che ha stampato sulla faccia capisco che sta per proporci qualcosa che non mi piacerà affatto.

Si china di fronte a noi e ci guarda.

– Che c'è? Ti è venuta una paresi? – dice Becco.

– Ho una proposta da farvi.

Come non detto, penso.

– Che ne dite di una piccola deviazione?

– Quale deviazione? – chiede Becco.

Io sto zitto. Lo so, me lo sento, che la cosa che sta per dire non mi piacerà.

– Accompagniamo a casa Melissa –. Dice «Melissa» girando la testa verso la ragazza. Lei alza la manina, ci sorride, e ci saluta. Senza rendercene conto anche io e Becco alziamo la nostra manina, sorridiamo, e la salutiamo. Tra i denti chiedo: – E dove abita Melissa?

– È una piccola deviazione, non ci vorrà molto...

– Dove abita Melissa?

– A San Marino.

– Ma cosa sei, scemo?

– Andiamo... sono poco piú di venti chilometri, non ci vorrà molto...

Nemmeno questa volta gli diciamo niente.

Mentre siamo in macchina e io sono seduto dietro insieme a Becco, la testa appoggiata contro il vetro del finestrino, penso. È come se questo giorno non dovesse piú finire, è come se ieri fosse secoli fa. È come se la realtà avesse perso i propri contorni. È come se stessimo viaggiando da sempre e senza meta. Come se il tempo, dentro di noi, non avesse piú alcun valore. È come se aleggiassimo sospesi a pochi centimetri dal mondo reale. È come se non ci importasse piú di niente. Il viaggio di Lele in Inghilterra, il mio impegno di lavoro, i corsi di pittura e scrittura di Becco. È come se fossero altre cose, cose che appartengono all'altra metà di noi, cose che stanno lí, in quella fetta di realtà che ci siamo lasciati alle spalle.

Anche lei fa parte di un'altra realtà. È la conclusione di questo viaggio. È la meta che nessuno di noi, forse, ha voglia di raggiungere.

Il sole è una spilla arancione pulsante e rotonda. Le torri di San Marino svettano sul monte Titano. Appendici senza tempo che nascono dalla roccia e trafiggono il cielo.

Ci mettiamo piú del previsto ad arrivare. Perché c'è traffico. Ci sono i turisti e ci sono i residenti, che fanno la spola. C'è una luce dorata, adesso, arriva di sghembo da dietro il monte e scioglie i contorni della pianura, giú, fino al mare. Sono quasi le sette e mezzo e la radio trasmette *Il mio tempo* dei Chief and Soci, un rap lento e ritmato che ad un certo punto dice *noi sul prato stesi con le nostre vite in pugno*.

L'amica di Lele abita dentro le mura, cosí saliamo fino in cima e parcheggiamo nel primo buco che troviamo.

Lele dice *cinque minuti, il tempo di accompagnarla davanti a casa e torno*.

Scendono dall'auto e si allontanano abbracciati.

Dopo un'ora di attesa ci viene il dubbio che Lele ci abbia fregato un'altra volta.

– Dovevi aspettartelo, – dice Becco. Se ne sta quasi sdraiato, le braccia incrociate sul petto e le ginocchia puntellate contro lo schienale del sedile davanti. Tiene la testa piegata dall'altra parte, verso il finestrino, e guarda fuori. È tranquillo, Becco. Come se quel ritardo non lo riguardasse affatto.

– Io vado a cercarlo, – dico. Becco non ribatte e io comincio ad averne abbastanza. Di lui, del suo distacco, di Lele e di questa situazione.

– E dove vai a cercarlo? È meglio che ti calmi...

– Calmarmi? Sono stanco, incazzato e affamato...

– E allora facciamoci una piadina.

– Ma come fai ad essere sempre cosí tranquillo? – Lo guardo. Il ciuffo di capelli gli è sceso sulla tempia. L'ombra che crea sul suo volto è una mezzaluna scura che parte dalla guancia e termina alla radice del naso.

– Non sono sempre cosí tranquillo. Ogni tanto. Ma non sempre.

– E perché adesso? Perché non...

– Perché a volte è difficile fermare Lele. Lele ottiene sempre quello che vuole. È un viziato –. Lo dice in uno strano modo, però. Lentamente e senza astio, come se quelle parole fossero il risultato di una lunga riflessione. Come se dietro a quelle parole ci fossero altre parole non dette e altri pensieri da non dire.

– Di solito ti fa incazzare questo fatto.

– Non ho detto che non sono incazzato. Probabilmente quando lo vedo mi incazzo. Siamo partiti a mezzogiorno, sono le otto e mezzo di sera e siamo solo a San Marino. Certo che sono incazzato. E quando penso che non sappiamo neanche quando ci arriviamo a Gallipoli mi incazzo ancora di piú, però...

– Però?

Gira la testa e mi guarda. Di nuovo lo stesso sguardo. Insistente, profondo.

– Non lo so. È come se... – scuote la testa. – Va be', niente. Facciamoci questa piadina, va'!

È come se ci fosse dell'altro in Lele. Un piccolo segreto, qualcosa che lo tormenta. Che lo allontana e lo avvicina al tempo stesso.

Perché deve esserci una ragione se noi tre siamo amici.

CAPITOLO UNDICESIMO

Il sole è una palla sgonfia sulla linea dell'orizzonte. Ed è da lí che parte la luce. Una luce azzurra, quasi viola, da crepuscolo. Cola sulle montagne, dentro la vallata, e rende il verde dei boschi dello stesso colore del petrolio. Dall'altra parte, invece, verso est, la luce ha lo stesso colore del mare. Perché da questa parte c'è l'arco della riviera adriatica, e lí, la luce quando il sole tramonta, si fonde con il blu del mare.

Questa cosa che il sole sorge dal mare e tramonta dietro le montagne mi aveva sempre affascinato. Quando ero bambino pensavo che gli abitanti di San Marino fossero molto fortunati. L'alba sul mare e il tramonto dietro le montagne. Poi ho pensato che loro un tramonto su quel mare non l'avrebbero mai visto. E mi era venuta una sorta di tristezza. Nemmeno tutti quelli che abitavano lungo la costa adriatica l'avrebbero mai visto. Certo, ci si poteva spostare, andare dall'altra parte, sulla costa tirrenica. Ma non era la stessa cosa. Perché lí, su quel mare, il tramonto, non ci sarebbe mai stato. Lí, da quella parte, il sole mai e poi mai sarebbe tramontato.

Compriamo le piadine in un chiosco e intanto decidiamo di farci un giro nel centro storico.

Oltrepassiamo la porta e quello che ci si apre davanti è un altro mondo. Perché San Marino è un altro mondo. Una cittadella medievale, fatta di vicoli e stradine che s'inerpicano, si incrociano e poi ridiscendono. È un reticolo caotico scavato nella roccia. Ma adesso ci sono i turisti, un cordone mobile e variopinto che si snoda compatto. Adesso ci sono i negozi aperti, illuminati. È un volto con tanti occhi, la San Marino dei turisti.

Non l'ho mai vista, io, San Marino di notte. Ma me la immagino. Quando le porte sono tutte chiuse e la gente dorme e il buio e il silenzio e il vento aderiscono ai muri delle case.

Non seguiamo un percorso preciso, io e Becco. Saliamo a caso, distratti dalla musica che esce dai negozi e dalla gente che ride e che parla. Lingue diverse, gente diversa, straniera.

Getto la lattina di coca in un bidone della spazzatura e infilo le mani in tasca. – Secondo te lo troviamo Lele? – chiedo.

Becco mi lancia uno sguardo veloce. – Non ti facevo cosí ingenuo.

– Perché?

Si ferma, e io sono costretto a girarmi indietro.

– Sai cosa penso? – dice. – Ho il vago sospetto che non lo rivediamo fino a domattina.

– Cosa?

Becco scrolla le spalle, infila anche lui le mani in tasca e mi supera.

– Cosí. È una sensazione.

Cammina guardandosi la punta delle scarpe, il ciuffo di capelli che gli copre metà del volto. Sembra distratto. I suoi passi sono lunghe falcate, e io fatico a stargli dietro.

Per un po' stiamo in silenzio. Non so a cosa sto pensando. Mi sembra tutto cosí irreale.

Forse dove siamo adesso non è il punto piú alto di San Marino, ma in un certo senso sembra davvero di stare sul tetto del mondo. La piazzetta è quella che i turisti chiamano Panoramica. È illuminata da fari arancione con panchine di pietra e telescopi a moneta per guardare di sotto. È una terrazza protesa sul vuoto. Sospesa tra il cielo e la terra. Esposta ai venti. E infatti fa freddo quassú, benché sia estate e il cielo sia sereno.

Si vede la pianura che corre fino al mare, da quassú. Rimini e Riccione lungo la costa e le case illuminate di San Marino bassa sul fianco del monte. Di notte è un unico paesaggio nero, un unico spazio infinito che include terra, mare e cielo. E a dividerli, terra, mare e cielo, solo le stelle e le luci di Rimini.

Io e Becco ci siamo avvicinati al muretto esterno per guardare il paesaggio. C'è la luna questa notte, un arco sottile e perfetto. Quasi un graffio. La sto guardando perché è bassa nel cielo e sembra enorme. Anche Becco la guarda, ne sono certo, perché ad un certo punto rompe il silenzio e dice: – *Sotto la luna / l'ombra che si allunga / è una sola.*

– Borges, – dico.

– Già.

– Se ci fosse Lele chissà cosa ti avrebbe detto.

– È un ignorante, Lele, – dice Becco. Poi mi guarda e sorride.

– Che c'è? – chiedo.

– Niente... – Adesso sta ridendo, però.

– Che c'è?

– Te lo ricordi quel giorno in gita a Roma davanti ai Musei Capitolini?

Mi ci vuole qualche secondo per collegare, poi mi ricordo e scappa da ridere anche a me.

– Quando lui non voleva entrare a vedere le statue?

– Ha detto che gli veniva da vomitare, che non si sentiva bene...

– È vero, è vero... E la prof di storia dell'arte? Cos'è che disse?

Becco si copre gli occhi con una mano e soffoca un'altra risata.

– Sarebbe alquanto disdicevole, Martinelli, che lei vomitasse davanti ai busti degli imperatori romani...

– E mentre noi facevamo il pieno di cultura, Lele è scappato ed è andato a comprarsi un paio di anfibi...

– È vero!

Io e Becco ci guardiamo.

– Dio, che stronzo...

– Già.

Si è alzato il vento. Ci gira attorno ed è come una membrana elastica che avvolge lo spazio ed esalta il silenzio. Perché adesso c'è silenzio quassú. Anche gli ultimi turisti se ne sono andati. C'è solo una coppia dall'altra parte della piazza. Sono abbracciati. Li guardo per qualche istante perché non riesco a capire se si stanno baciando o no.

Abbiamo parlato del piú e del meno, io e Becco. Piú che altro abbiamo ricordato cose di quando eravamo al liceo. Ad esempio quando in settimana bianca, una notte, Lele si era messo la cravatta sopra il pigiama per andare nelle stanze delle ragazze. Il prof di filosofia l'aveva beccato nel corridoio e poiché sapeva quali erano le cose che Lele non tollerava, gli aveva detto che quella era la cravatta piú brutta che avesse mai visto. E Lele c'era rimasto cosí male che era tornato dritto filato nella sua camera. Queste e altre cose ricordiamo. Ci viene da sorridere e forse anche un po' di malinconia.

La coppia di prima ci passa davanti e si allontana. La seguiamo con lo sguardo finché non scompare ai limiti della piazza, inghiottita poco a poco dalla discesa. Adesso siamo veramente soli. Il rumore delle auto che percorrono le strade sotto di noi ci arriva attutito, un rombo sordo e lontano come se provenisse da un sogno.

Ci sediamo per terra con le spalle contro il muretto. Il cielo poggia sulle nostre teste, immenso. È uno spazio morbido, denso e vivo. È lucido di stelle e cosí vicino che per un attimo ho la sensazione che possa staccarsi e scivolare in basso e inglobarci. È una strana sensazione quella che provo. Il buio che espande le cose, il vento che batte la pietra, e il silenzio. Che non è silenzio ma è quasi un ronzio, un respiro ovattato, una voce continua e bassa che cola e penetra ovunque.

È una strana sensazione quella che provo. Di infinita solitudine e libertà.

– Becco?

– Sí?

La mia voce mi sembra diversa. È come se mi uscisse direttamente dalla testa o da un posto che non so. È una lama che gratta la notte, che ci passa attraverso, ma senza scalfirla.

– Che farai adesso? Dopo il liceo, intendo...

Becco mi guarda. C'è qualcosa di diverso anche nei suoi occhi. Una luce che non ho mai visto. Ma forse non è nemmeno una luce. Forse è un movimento. O un'ombra.

– Non lo so, – dice. – Forse mi iscriverò a Lettere.

– Non avevo dubbi.

– Scelta prevedibile, vero?

– Credo sia l'unica cosa che tu possa fare. Non che tu non sia in grado di fare altro, ma...

– Non ti preoccupare ho capito...

Per un istante, un istante soltanto, i suoi occhi mi guardano come se non mi vedessero.

– Anche se non credo che questa scelta mi cambierà qualcosa.

– In che senso?

Becco ha spostato lo sguardo altrove. Guarda dritto di fronte a sé, adesso. La luce arancione dei fari schiarisce il profilo del suo volto. Si circonda le ginocchia con le braccia e inizia a dondolare avanti e indietro. Un movimento lento e breve, piccoli scatti sottolineati dai giochi d'ombra che la luce disegna sul suo volto.

– Lo vuoi sapere un segreto? – dice.

– Quale?

– Guarda che è un segreto, lo sa solo mia sorella...

– Okay...

– Ho scritto un romanzo.

– Davvero? E di cosa parla?

– Di un angelo. Un angelo dannato.

– È magnifico...

Becco piega la testa sulla spalla e mi guarda. Il suo volto, illuminato per metà, è diviso in due da una linea fluida e morbida.

– Be', tanto magnifico non è visto che me l'hanno già rifiutato ben quattro case editrici.

– Forse è solo questione di sfortuna...

– O forse sono io che non so scrivere.

Non mi guarda piú, adesso. Si guarda la punta delle scarpe. Il ciuffo di capelli gli scende sulla fronte e gli copre gli occhi. L'ha pronunciata con un tono triste quella frase. O forse era solo un sussurro che si è spento lentamente.

– Potresti sempre riprovarci, – dico.

– Già fatto. Probabilmente lo staranno usando come spessore sotto un tavolo traballante.

– Esagerato!

– Davvero –. Mi guarda e sorride, Becco. – O per accendere il fuoco. Brucia bene la carta da stampante, sai?

È una strana notte, questa notte. Abbiamo lasciato la piazzetta e adesso stiamo camminando fra i vicoli deserti. Penso che San Marino di notte è proprio come me la ero immaginata. Silenzio, vento, e fette di cielo stellato incastonate tra i tetti delle case.

È una strana notte, questa notte. La luna è un ricciolo luminoso ritagliato nel buio. Assorbe e dilata le cose, questa notte lontani da casa. Fa venire voglia di parlare, di raccontare, o anche solo di camminare in silenzio. Di sentire i propri passi sotto le scarpe.

Il pensiero di lei mi attraversa veloce. Il suo volto emerge dal niente, una sfumatura piú chiara che si dilegua subito, risucchiata indietro in un vortice nero. Quando ci penso, penso che sono poche le cose che mi sono rimaste. Sono flash, schegge colorate. I pomeriggi passati a rotolarci sul letto invece di studiare, la telefonata fissa delle sette di sera che durava un'ora e sua mamma si incazzava, i baci nel bagno delle femmine durante l'intervallo a scuola. Penso che sono le cose piú banali quelle che mi sono rimaste. Ma sono proprio queste cose che mi mancano di piú. I discorsi sciocchi fatti tanto per parlare e i suoi capricci. E adesso che lei non c'è piú mi accorgo che quelle cose banali riempivano le mie giornate.

È davvero una strana notte, questa notte. Fatta per girarci dentro. Dentro la notte e dentro la testa. I pensieri sono lava di un azzurro trasparente.

– Becco?
– Sí?
– Davvero non lo sa nessuno del tuo romanzo?
– Sí.
– E perché l'hai detto a me?
– Perché mi sembri la persona giusta a cui dirlo.
– Davvero?
– Davvero.

Nei vicoli alcuni negozi non hanno la saracinesca abbassata e quando ci passi davanti, di notte, al buio, le vetrate scure rimandano indietro la tua sagoma. Un'ombra silenziosa e nera che ti cammina a fianco per qualche istante e poi si perde.

Con la coda dell'occhio guardo il riflesso dei nostri corpi sul vetro. Non avevo mai pensato a quanto fossimo fisicamente diversi io e Becco. A dire il vero io, Becco e Lele componiamo uno strano trio. Becco porta solo camicie a tinta unita. Bianche, rosse, blu o nere. Le porta abbottonate fino al collo anche d'estate. E poi è magrissimo. Cosí biondo, pallido e magro sembra uno di quei damerini inglesi di certi film. Tutto il contrario di Lele.

Con le sue polo firmate, i capelli tenuti dritti col gel e l'abbronzatura perenne. E poi Lele sorride sempre. O quasi. Un sorriso aperto e furbo. Una *faccia di travertino*, come dice Becco. Al contrario di me. Che non sorrido quasi mai, che mi pettino quando mi ricordo e che m'infilo la prima cosa che capita. Lele dice che se mi curassi di piú avrei anch'io un sacco di ragazze. Ma stare davanti allo specchio un'ora a pettinarsi mi sembra ridicolo. Lele fa anche le prove degli sguardi, davanti allo specchio. Una volta l'ho pure beccato nel bagno della scuola. Se non l'avessi visto non ci avrei mai creduto.

Penso a questa cosa e sorrido. Becco mi guarda e dice: – Perché ridi?

– Niente... Pensavo a Lele...

– E allora c'è da piangere non da ridere.

– E perché? A volte trovo che sia buffo.

– Certo. È cosí buffo che fa venire voglia di strangolarlo. È odioso a volte.

– Non è odioso.

– Sí che lo è.

– Hai ragione. Certe volte lo è. Però è simpatico.

– Te lo concedo, sí. Certe volte è simpatico...

C'è un vecchio cancello stretto e arrugginito alla nostra destra. È rialzato rispetto al livello della strada e mentre ci passiamo davanti Becco alza lo sguardo e si ferma. Sale quelli che un tempo dovevano essere gradini e accosta la faccia alle sbarre del cancello.

– C'è un giardino, – dice.

Mi fermo anch'io. – E allora? – Mi avvicino a Becco e guardo anch'io attraverso le sbarre.

– Mi piacciono i giardini abbandonati a se stessi, – dice.

– E allora?

– C'è anche un vecchio pozzo...

– E allora?

– E allora voglio entrarci.

Non so come abbia fatto a vedere il pozzo visto che è cosí buio che non riesco a distinguere nemmeno i miei piedi. Camminiamo lentamente, uno davanti all'altro cercando di fare attenzione, perché il giardino è ricoperto di foglie che scricchiolano sotto le scarpe e rendono il terreno scivoloso. Gli alberi sono macchie allungate e dense, vecchi tronchi neri che si perdono dentro il cielo.

– C'è un passaggio di là, – dice Becco.

– Ma dove lo vedi tu il passaggio? E poi non ti interessava il pozzo? E allora eccolo...

– Seguimi, dài! E parla a bassa voce!

– Perché?

– Apparterrà a qualcuno questo giardino, o no? Metti che ci scoprano, ci fanno un culo cosí!

Quello che Becco ha chiamato *passaggio* sono due assi di legno larghe neanche mezzo metro. Ma la cosa piú agghiacciante è che fanno uno strano scricchiolio e sono sospese sul niente. Mentre strisciamo contro il muro alla nostra destra getto un'occhiata dall'altra parte. Quello che vedo è il niente piú assoluto, ma un niente che ti fa capire che il vuoto sotto i tuoi piedi è piú vuoto di quello che pensi.

– Spero per te che si arrivi da qualche parte, – dico.

– Fidati.

La prima cosa che vediamo sono le luci gialle di Rimini. Una scia compatta di granelli luminosi. Un mantello irregolare di luci che parte dalla costa e si sfrangia verso l'interno della pianura.

Siamo sbucati in un altro giardino. Un giardino a strapiombo dal quale si domina lo spazio. Lo stesso spazio di prima, di quando eravamo sulla terrazza, ma piú intenso e profondo. E guardare è come aderire con tutto il corpo. Contro il nero del cielo e il bianco delle stelle e della luna che da questa posizione è ancora piú grande e nitida. E poi in basso, contro la pianura che è una voragine fatta di alberi e finestre illuminate. È come perdersi alla velocità dello sguardo senza riuscire a fermarsi. Essere esattamente nel punto estremo di una vertigine.

– È fantastico quassú... – La mia voce è un sussurro che si perde nel vuoto.

– Già... Me lo sentivo che era cosí... Giuro che me lo sentivo...

Guardo Becco. La sua sagoma scura di fianco a me, il suo sguardo attento e fermo e le sue labbra socchiuse. Non so quello che sta pensando, ma quando gira la testa verso di me e mi sorride, quello che provo è un sentimento di totale complicità.

Questa è una notte strana, Becco. È come se il tempo si fosse fermato e tutta la terra fosse sprofondata in un sogno lento e morbido. Il mondo qui fuori si muove, Becco, ma si muove lentamente, gira piano attorno a noi e noi, se vogliamo, lo possiamo afferrare, perché gira a un ritmo allungato e fluido, un ritmo perfetto che si accorda con il nostro. Se tu adesso ci pensi, Becco, ti rendi conto che quello che è veramente importante adesso è starsene qui dritti contro questo cielo e desiderare che questo momento duri per sempre, che questa lunga notte non finisca piú. Perché domani la vita ricomincia, Becco, e questa notte domani sarà un ricordo, un ricordo bello e triste come quelli del liceo, come tutti i ricordi che col tempo diventano tristi perché sono ricordi di cose belle che non tornano. Io non lo so a cosa stai pensando, ma se mi sorridi e sorrido anch'io vuol dire che le cose a cui stiamo pensando sono le stesse. E allora ammettilo che ci manca solo Lele questa notte, Lele che ride di noi, che non smette un attimo di prenderci in giro e che se fosse qui direbbe che è tutta una cazzata quella di starsene qui col naso in aria a guardare la luna, le stelle e menate simili. Lo so che magari è ridicolo, Becco, ma se penso che questa sera mi hai confidato il tuo segreto mi viene come una strana cosa tra lo stomaco e la testa, perché forse ti conosco un po' di piú e conosco un po' di piú anche Lele, quello stronzo che ci ha lasciato a piedi e che farà di tutto per non partire per l'Inghilterra. Lo so che magari è ridicolo ma questa notte mi sento bene, Becco, mi sento bene e vorrei che ci fossero infinite notti come questa dove tu stai in piedi su una rupe e guardi il mondo fuori e non devi preoccuparti di niente, né di quello che farai domani né se quello che farai porterà da qualche parte oppure no. Chi se ne frega, Becco, perché questa è una notte strana, e adesso siamo qui e ci manca solo Lele e domattina quando lo rivediamo ci incazziamo ma nemmeno poi tanto perché questa notte mi viene in mente quella canzone dei Nirvana, quella che ascolta sempre Lele e che dice *sono cosí felice perché oggi ho trovato i miei amici nella mia testa*, mi viene in mente questa canzone Becco, mi viene in mente questa canzone...

– Becco?
– Sí?
– Cosa pensi che direbbe Lele di questo panorama?
– Lo vuoi davvero sapere?
– Sí.
– Direbbe che è tutta una cazzata.

CAPITOLO DODICESIMO

Siamo tornati in macchina che erano quasi le tre. Becco si è sdraiato dietro, io sul sedile davanti. Ci siamo chiusi dentro e abbiamo acceso la radio. Becco ha chiesto se gli mettevo su *Stabat Mater* di Pergolesi. Siamo rimasti in silenzio ad ascoltare, ognuno affondato nei propri pensieri. Il volume bassissimo, la voce del soprano e i violini hanno chiuso la nostra mente e ci hanno cullato per non so quanto. La luna era sospesa al centro del parabrezza, appesa allo specchietto retrovisore come un pendaglio. L'ho guardata a lungo, poi mi sono addormentato. Deve essere stato Becco a spegnere la radio.

Sono le otto del mattino quando Lele bussa contro il finestrino dalla mia parte. Apro gli occhi e lo vedo sorridermi attraverso il vetro. Anche Becco si sveglia. Si solleva a sedere e chiede *che succede?* Poi vede Lele e quello che dice subito dopo, a bassa voce e mangiandosi le parole, è una cosa che assomiglia a una catena di parolacce.

Lele è piegato in avanti e ci mostra un sacchetto di carta bianco. Lo indica anche con un dito. *Avanti, fatemi entrare*, dice.

Ho la mente ancora annebbiata e mi ci vuole qualche secondo per capire che l'unica cosa che devo fare è sbloccare la chiusura centralizzata. Mentre Lele fa il giro della macchina mi stropiccio gli occhi con le dita e tiro su il sedile.

– Ragazzi, guardate cosa vi ho portato, – dice Lele non appena entra in macchina. Apre il sacchetto di carta e mentre ci caccia in mano una brioche ancora calda e tutta ricoperta di zucchero a velo, dice: – Uscivo dalla casa di Melissa e mi sono detto: ma perché non portare la colazione a Becco e ad Ale? Cosí sono entrato in un bar... Volevo prendervi anche un caffè, ma non sapevo come portarvelo, cosí... Ehi, che avete da guardarmi a quel modo?

Io e Becco, immobili con le nostre brioche in mano, lo fissiamo ammutoliti.

Lele, che sta per appallottolare il sacchetto di carta vuoto, si blocca. – Mbe'? Che c'è?

– Ma cosa sei, cretino? – sbotta Becco. Nel momento in cui gli molla uno schiaffo sulla spalla una nuvoletta di zucchero si solleva dalla sua brioche. – Avevo il sospetto che tu fossi deficiente, ma non credevo che lo fossi cosí tanto... Ma ti rendi conto?

– Che c'è?

Becco sgrana gli occhi e mi guarda. – Questo non è semplicemente deficiente! Questo è la deficienza fatta persona! Questo è l'idea incarnata della deficienza...

– Ma si può sapere che c'è?

– Inoltre come tutti i veri deficienti, non sa di esserlo...

Becco si lascia andare sul sedile. Abbiamo ancora la nostra brioche tra le dita e non so se mettermi a ridere o incazzarmi anch'io. Lele ci guarda a bocca aperta per una frazione di istante. Quando ripete per l'ennesima volta *che c'è* e Becco esplode in un *Oddio, questo è proprio scemo* io dico *ma si può sapere dove cazzo sei stato*?

– Da Melissa...

– Da Melissa, eh? – Becco si è di nuovo raddrizzato sul sedile. – Avevi detto cinque minuti, il tempo di accompagnarla!

– Lo sapete come vanno queste cose...

– No, io non lo so come vanno queste cose! Ma so di certo che ci hai lasciato qui tutta la notte... Non hai pensato a noi? Non hai pensato che lo scopo di questo viaggio era andare a

Gallipoli? – Becco si agita. Accompagna ogni frase con un movimento delle braccia. E ad ogni movimento sono nuvolette di zucchero che si sollevano.

– Ehi, mi dispiace...

– Mi dispiace un accidente!

– Non ho pensato...

– Tu non pensi mai! Ecco qual è il tuo problema!

– E tu invece non capisci un tubo!

– Cosa fai? Adesso ti arrabbi tu?

– Certo che mi arrabbio!

– Silenzio! – grido. – E tu smettila di muoverti! Lo zucchero della tua brioche mi sta...

– Vaffanculo, Ale!

– Ma vaffanculo, tu!

– Ehi, Ale ha ragione, mi stai sporcando tutta la macchina...

– Tu sta' zitto! – dico. – Con te sono arrabbiato.

– Uhh che palle...

– *Che palle* un corno!

– Questo è deficiente, questo è deficiente...

– Insomma, con quella brioche...

– Questo è deficiente, questo è deficiente...

Dopo un'abbondante sequenza di insulti, grida, rimproveri e candide nuvolette di zucchero, riusciamo a calmarci soltanto dopo l'inevitabile quanto doveroso triangolo finale di *va' a cagare tu pezzo di imbecille*.

Quello che segue è il classico silenzio post-litigio. Gonfio e teso come un palloncino pronto ad esplodere. In realtà siamo meno arrabbiati di quello che vogliamo far credere, ma il fatto di sapere che basterebbe un gesto o una frase per sbloccare la situazione rende il nostro silenzio ancora piú gonfio e teso. Facciamo finta di niente, ma in realtà ci stiamo studiando. Lele continua a lanciare sguardi a Becco attraverso lo specchietto retrovisore, Becco guarda oltre il finestrino di sinistra e sbuffa, io faccio tamburellare le dita della mano destra sul ginocchio. E intanto ognuno aspetta che l'altro, esasperato, compia il passo falso e dica qualcosa.

E questo succede nell'attimo esatto in cui io e Becco addentiamo la nostra brioche. E quando Lele si gira di scatto, ci punta un dito contro e dice *ah ah fate tanto gli incazzati però la brioche la mangiate*, noi scoppiamo a ridere, il palloncino esplode e la tensione crolla.

Da un lato c'è lo scopo del viaggio, la fretta e il desiderio di arrivare. Da un lato c'è un inizio e una fine. Una partenza, un arrivo e degli impegni da rispettare.

Dall'altro, invece, c'è solo il piacere di essere al centro di qualcosa. Senza partenze e senza arrivi. Senza scopo e senza fretta.

È questa la sensazione che ho. Di fare un viaggio nel viaggio. O due viaggi distinti, che solo a volte si incrociano per poi divaricarsi ancora. Due fili di una trama dalle maglie molto larghe.

Lasciamo San Marino quasi subito. Lo stereo a palla per combattere la stanchezza e la macchina che scende veloce lungo la strada.

L'aria è quella fresca e un po' pungente del mattino. Il sole, basso sul mare, schiarisce il cielo in un azzurro pallido. Dicono che a volte, quando è molto sereno, dal monte Titano si riesce a vedere la costa della ex Iugoslavia. Una linea sottile e scura sotto l'orizzonte. Non lo so, perché stamattina c'è un po' di foschia, una coltre di fumo bianco, ma piú leggero e sottile. Un mantello impalpabile, una coperta sfilacciata e morbida che avvolge le cose. Come se alcune nuvole, quelle piú piccole e stanche, fossero scese durante la notte e si fossero addormentate sulla pianura.

CAPITOLO TREDICESIMO

Mentre imbocchiamo di nuovo l'autostrada al casello di Rimini-Sud Chris Rea canta *Looking for the summer*. È una voce ruvida e ovattata. Corde acute di chitarra pizzicate in punta di dita, un ritmo veloce di batteria e poi la sua voce. Una tela grezza che sbatte dentro il vento. Un basso rotondo a riempire gli spazi. Una canzone fatta per viaggiare, penso. Per andare alla ricerca di qualcosa.

Il sole pallido del mattino illumina l'aria di giallo, ravviva il verde oltre i bordi della strada e fa risplendere le auto, gigantesche biglie colorate su una pista d'asfalto.

Non ci diciamo quasi niente, però c'è una strana atmosfera stamattina. Lele è contento. Si agita sul sedile a tempo di musica. Quando la radio manda *Coccodrilli* di Samuele Bersani inizia anche a canticchiare, e lo fa in un modo cosí buffo e contagioso che finiamo per metterci a cantare tutti e tre. Quando la canzone finisce abbassa il volume, si toglie gli occhiali da sole e mi guarda. Sta per dire qualcosa quando Becco si sporge tra i sedili e tenendo un libro in mano dice: – Okay, adesso momento culturale. Preferite una poesia di Borges oppure di Neruda?

Nessuno dei due risponde. Dal modo in cui Lele ha indugiato prima di distogliere gli occhi da me capisco che quello che stava per dire doveva essere qualcosa di importante. Poi, ha teso le labbra in un sorriso veloce e ha inforcato di nuovo gli occhiali.

– Allora?

– Allora che? – chiede Lele.

Quello sguardo mi lascia perplesso. È stato come una decelerazione nel tessuto del tempo. Un elemento estraneo e rapido che mi disorienta. Poi tutto si contrae e Lele torna quello di sempre.

– Borges o Neruda?

– Ma chi se ne frega! Devi sempre rompere le scatole con le tue poesie?

– Okay, vada per Borges. *Mi crocifiggono e io devo essere la croce e i chiodi...*

– Uffa che palle...

Ci fermiamo all'autogrill poco prima dell'uscita per Riccione. Ci sono un sacco di vacanzieri, uomini in canottiera e bermuda, bambini di tutte le età e donne e ragazze in minigonne e top da capogiro. Parcheggiamo di fianco a una macchina di ragazze. Tre bionde e una mora, sui venticinque anni e tutte e quattro molto carine. Stanno ripartendo e quando sentiamo che sono dirette all'*Aquafan*, Lele con un sorriso che gli fa il giro della testa ci guarda e dice: – Deviazione?

– Neanche per idea.

– Ehi, scherzavo...

Facciamo colazione, compriamo una bottiglia d'acqua e qualche panino per il viaggio, e mentre io e Becco andiamo alla toilette a lavarci almeno la faccia e i denti, Lele si mette in fila per fare benzina.

Quando usciamo dal bagno Becco si batte una mano sulla fronte e dice: – Il giornale! Mi sono scordato di comprare il giornale! – Cosí mentre torna indietro io raggiungo Lele alla macchina.

Se ne sta seduto rigido, la testa dritta contro il poggiatesta, entrambe le mani sul volante, gli occhi schermati dalle lenti scure degli occhiali. Quando apro la portiera e mi siedo la sensazione che non mi abbia affatto sentito diventa certezza quando lo chiamo e lui non mi risponde. Sto per toccarlo su una spalla quando la fila davanti a noi si muove, la macchina dietro ci strombazza e Lele scatta sul sedile.

– Ma che fai? – chiedo.

– Merda... Mi sono addormentato... – dice. Sembra un po' spaesato. Prima di realizzare cosa sta succedendo si toglie gli occhiali, guarda nello specchietto retrovisore, se li rimette, guarda davanti, se li toglie di nuovo, e solo alla fine ingrana la prima.

– Dov'è Becco?

– Ha scordato il giornale... Senti, vuoi che guidi io?

– Non ho dormito molto, questa notte...

– M'immagino... Se vuoi guido io?

– Davvero?

– Certo.

– Okay...

Apro la portiera e sto per uscire quando Lele mi blocca afferrandomi per un braccio.

– Senti... – dice.

Ha lo stesso sguardo di prima. Liquido e imbarazzato. Uno sguardo che tenta di sfuggire ma non ci riesce. Sorride, Lele. Ma non è il solito sorriso, questo, aperto, trasparente e contagioso. È un sorriso trattenuto, appena pronunciato, che trema un po' sulle labbra.

– Volevo dirvi grazie...

– Grazie di che?

Mi lascia il braccio e abbassa lo sguardo. La fila si è mossa ancora. Richiudo la portiera e Lele ingrana di nuovo la prima. Ancora due macchine e poi tocca a noi.

– Anzi, in realtà volevo dirlo a te, non so se Becco capirebbe...

– Grazie per cosa?

– Per questa notte... e per non esservi incazzati piú di tanto...

– Ehi, non ti preoccupare...

– No, aspetta... Ci tengo che tu lo sappia che non è stata mancanza di rispetto nei tuoi confronti... – Tiene gli occhi fissi davanti a sé e stringe il volante con entrambe le mani, imbarazzato. – Immagino che sia importante per te arrivare a Gallipoli prima possibile, insomma non è che...

– Lele, non c'è problema... evidentemente era importante per te stare con lei, insomma si vive una volta sola, no? E poi è stata una bella notte anche per noi.

Lele mi guarda e sorride.

– Davvero? E cosa avete fatto?

– Abbiamo ricordato un sacco di cose del liceo, abbiamo parlato e abbiamo guardato le stelle, il cielo...

– Cosa?

– Il paesaggio, insomma...

Lele mi guarda arricciando il naso. – Detto cosí non sembra un granché...

– Be', ti posso assicurare che lo era...

– Davvero?

– Sí.

Esita un attimo, Lele. Il tono di voce è appena un po' piú basso, rauco. – Dici che mi sono perso qualcosa?

– Mmh... può darsi... – Sorrido. – Però mi sa che ti sei divertito di piú tu.

Fa scivolare le mani attorno al volante diverse volte. È imbarazzato e forse un po' confuso, Lele. È la prima volta che lo vedo cosí. È la prima volta che avverto in lui la voglia di parlare. È come una tensione, una molla carica pronta a schizzare.

– Senti... – dico, – perché Becco non capirebbe?

– Perché lui è cosí... cosí... Crede che io sia... Insomma, lo so quello che pensa di me... Un po' stupido e viziato...

– Ti sbagli... – Mi blocco. Non so che dire. L'idea che Becco ha di Lele lo so che è vera, però so anche che a questa cosa non ci crede fino in fondo. È una percezione sfumata, la mia, che rimane in ombra. Un'intuizione nitida, che passa attraverso l'ombra.

– Becco dice che farai di tutto per non partire per l'Inghilterra –. Mi esce di getto la frase, senza pensarci. Colpisce Lele forse con eccessiva violenza. Arresta la corsa delle mani sul volante e mi guarda, gli occhi stretti in un'espressione sorpresa.

– Cosa?

– Dice che i tuoi si stanno separando ed è per questo che vogliono che tu vada via...

– Cosa? È ridicolo... non è vero... è ridicolo... Che ne sa, Becco...

– Guarda che...

– Ti dico che non è vero! – Il tono che usa è duro e secco. Forse troppo duro, e Lele se ne accorge. – Scusa... – dice.

– No, scusa tu...

La macchina davanti a noi riparte. Lele si accosta alla pompa di benzina e al benzinaio che si è avvicinato dice: – Il pieno, per favore.

È crollato qualcosa. Un silenzio denso che ci allontana. Lele ha girato la testa dall'altra parte, fissa la pompa di benzina e fa finta di niente. Si tocca il naso, nervoso. Lo guardo. Il pomo di Adamo che va su e giú, diverse volte, come se dovesse cacciare in fondo qualcosa di enorme, leggero e cattivo. Una bolla d'aria che soffoca, o un animale nero che si aggrappa e spinge e fa male.

Lo guardo e mi viene in mente quella cosa che mi aveva detto Becco sulla spiaggia. Mi spinge sulla lingua, contro i denti e di nuovo, senza pensare, apro la bocca e parlo: – Becco dice che questa cosa ti fa soffrire.

Lele smette di tormentarsi il naso. Smette anche di deglutire. Si gira lentamente dalla mia parte. Uno sguardo lungo e pieno, due occhi che quando li guardi ti sembra di vederci tutto e niente, perché forse è proprio quello che vogliono dire: tutto e niente. Di quelli che ti scrutano, colmi di parole e domande, come se bastasse davvero uno sguardo per capire e per capirsi.

– Non credo affatto che Becco pensi che tu sia stupido, – dico. – Credo che ti conosca meglio di quello che immagini... Forse viziato sí, ma stupido, questo no.

Due occhi lucidi e fermi, quelli di Lele. Di quelli che non c'è bisogno di dire niente perché hanno già detto e capito tutto. È uno sguardo lungo, troppo lungo, piú lungo del solito. E poi c'è quel sorriso. Uno di quei sorrisi che partono da dentro, che nascono e si allargano in fondo, da qualche parte, e quando arrivano fuori, sulle labbra, sono solo un'immagine pallida. Un sorriso timido, dipinto sulle labbra con una pennellata leggera. Le labbra si tendono cosí, incerte e tremolanti, quando quello che ti dicono è quello che speri, che cerchi, che vuoi sentirti dire. E Lele, lo so, ci tiene all'opinione di Becco. Può fare finta che non gli interessi, ma questo sguardo e questo sorriso non mentono. Basta una volta, una volta sola, e tutto cambia, tutta l'idea che hai di una persona si ridisegna, si ridefinisce. E allora, mentre dico a Lele questa cosa di Becco, mi accorgo che questo pensiero è anche il mio. Non sei stupido Lele, forse viziato sí, ma stupido no. Perché a volte basta uno sguardo un po' piú lungo del solito o una manciata di parole o anche solo l'inclinazione di un sorriso per arrivare dritto dentro una persona. Basta poco, a volte, per capire, per rompere l'involucro e vedere oltre. E dopo, indietro, non si torna piú.

– Ale?

– Sí?

– Comunque grazie per stanotte. Altri al posto vostro si sarebbero incazzati.

– Lo so.

CAPITOLO QUATTORDICESIMO

Lele ha inclinato indietro lo schienale del sedile e si è lasciato andare. Le gambe leggermente divaricate e le braccia conserte che si sono slacciate quasi subito, non appena si è addormentato. La testa è piegata sulla spalla, verso di me.

Becco, dietro, legge il giornale. È seduto con le gambe allungate sul sedile, le spalle contro l'angolo tra lo schienale e la portiera.

Io, una mano sul volante e l'altra sul cambio, mi lascio guidare dalla strada.

La radio è una musica indistinta di sottofondo che si confonde con lo strisciare del vento attraverso i finestrini.

Di nuovo, c'è qualcosa di diverso in questa mattina. Il paesaggio attorno è cambiato all'improvviso, è cambiato come se il cartello che segna l'entrata nelle Marche non fosse solo un semplice cartello. Ma un richiamo. O una sottolineatura. *Guardatevi attorno! Vedete? Questo è un altro luogo.* Ma non è solo qualcosa che riguarda il paesaggio. Non è solo qualcosa di oggettivo. Le cose cambiano secondo il modo in cui si guardano, secondo lo stato d'animo. E forse questa sensazione di diverso non è fuori, nella forma del paesaggio, nell'inclinazione dei prati, nella sagoma degli alberi e nel colore del verde e della terra, forse non è fuori, ma è dentro di me. Forse sono bastate le poche parole di ieri sera con Becco e quelle di stamattina con Lele per cambiare qualcosa. Per cambiare il modo di assorbire le cose. Conoscere è metterci qualcosa di tuo. E la differenza tra ciò che è estraneo, e ciò che non lo è, è proprio questa cosa tua che ci metti. È una cosa che dai in cambio, una sorta di tacito patto. E conoscere il segreto di Becco e il timore di Lele di essere considerato uno stupido, li ha resi diversi da quello che credevo, li ha avvicinati a me, li ha resi piú intimi. Forse è per questa nuova sensazione di complicità che le cose, attorno, mi sembrano diverse. Forse piú belle, o forse, semplicemente, piú complete.

L'autostrada stretta in due corsie è una lingua mobile di curve. Un nastro grigio che taglia i prati attorno. Collinari e scuri.

Il sole alto nel cielo di metà mattina brucia l'aria, batte contro il finestrino dalla mia parte e mi scalda il braccio.

Guido veloce, ma a volte rallento. Il traffico è un cordone discontinuo che si sfilaccia e si riaddensa a un ritmo quasi regolare. In questo brusio di vento, automobili e musica, il silenzio avvolge il paesaggio in un velo ipnotico.

È facile pensare in un'atmosfera compatta come questa. Gli occhi puntati in avanti, esattamente al centro della corsia, sull'asfalto grigio, o contro il posteriore di quella macchina lontana. Sono quasi tre ore che guido. Sono quasi tre ore che Lele dorme e che Becco legge. Sono quasi tre ore di silenzio.

Il senso del silenzio è la cosa che ricordo meglio. È la cosa che mi definisce piú di tutto. *È un bambino silenzioso*, diceva la maestra a mia madre. *È diventato cosí silenzioso...* Il silenzio, da piccolo, riuscivo a immaginarmelo. Era una presenza ingombrante, solida. Un uomo grasso e lento. Una faccia rotonda e buona, due occhi e una bocca che non sorridevano mai, un'espressione indefinita, sospesa. Questo uomo grasso che si muoveva lento era silenzioso. Il Signor Silenzio. Enorme, ingombrante, che arrivava leggero, alle spalle, con piccoli passi fluttuanti. Se ero seduto si sedeva, se stavo in piedi si fermava anche lui. E mi guardava. Altre volte questo Signor Silenzio fuoriusciva da me. Una nuvola di vapore, come il Genio della lampada di Aladino. Un lungo risucchio verso l'esterno. Allora aleggiava sopra la mia testa come una nuvola carica senza peso, o come un pallone grande e grigio. Non faceva mai paura, il Signor Silenzio. Era una parte di me, ero io. Che mi guardavo. Il mio silenzio che mi guardava, che mi circondava.

Arrivava sempre all'improvviso. A metà di un pensiero, a metà di una interrogazione, a metà di un discorso. Arrivava e mi assorbiva. Mi isolava. Quando ho smesso di immaginarlo, di vederlo, ho capito che ero cresciuto. Allora non lo vedevo piú. Sentivo la sua presenza. Un fluido denso tutt'intorno, elastico e morbido. Vivo e solo.

La prima volta che è arrivato è stato dopo la morte di papà. A otto anni, dopo il suo funerale. È arrivato dietro le spalle di mia madre e l'ha inglobata. Da allora il Signor Silenzio è sempre stato una presenza continua, un essere ben definito che abitava in casa nostra, al posto di mio padre. Una terza presenza situata esattamente tra me e il resto del mondo. Uno scudo dietro cui proteggersi, un magma dentro cui annullarsi. Quando il silenzio prendeva mia madre, però, faceva male. Era come stare di fronte a uno specchio ed essere guardati da un'immagine sconosciuta. In casa mia non c'era mai stato cosí tanto silenzio come dopo la morte di papà. Era come muoversi dentro l'acqua, centinaia di metri in profondità. Il silenzio aveva preso dimora e ci esimeva dall'obbligo di parlare.

Quando sono cresciuto e ho smesso di vederlo ho capito che quel silenzio, in realtà, ce l'avevo dentro. Una forma di solitudine che gonfiava l'anima e aumentava la distanza fra me e gli altri. Un involucro di gomma che mi isolava e mi proteggeva, ma anche una sorta di terzo occhio con cui guardare gli altri. Una lente di ingrandimento che smaschera i particolari, che focalizza e riconosce. E oggi, mentre guido sprofondato in questo silenzio appena scalfito dal ronzio della radio e del vento capisco cos'è che unisce me, Becco e Lele. Un senso di solitudine. Un silenzio profondo dentro, che isola, che allontana e che riconosce altri silenzi. Un recipiente che non può essere colmato perché il problema non è far tacere il silenzio. Il problema è ascoltarlo. Forse, crescendo impareremo ad ascoltarlo cosí bene che non lo sentiremo piú. Forse è questo che significa diventare adulti: sapere ascoltare il proprio silenzio fino a non sentirlo piú. Dominarlo e rinchiuderlo. Seppellirlo in fondo. O forse ci sono persone che questo silenzio dentro non ce l'hanno. Non ce l'hanno mai avuto. E io non so davvero cosa sia meglio.

Quando c'era lei quel silenzio era diventato una membrana sottile. Lei era una musica rumorosa e stonata che riempiva lo spazio. È questa musica a tutto volume che sto rincorrendo. La stessa musica che rincorre Lele nel suo godersi la vita e la stessa di Becco quando scrive.

Abbiamo superato l'uscita per Pescara-Chieti da pochi chilometri quando Becco richiude il giornale in fretta, un fruscio rapido e rumoroso che fa vibrare l'atmosfera immobile e mi strappa dai miei pensieri. Lo guardo attraverso lo specchietto. Ha gettato il giornale in un angolo del sedile e dai movimenti che fa intuisco che sta cercando qualcosa. Si china in avanti, nello spazio tra i sedili e poi si rialza, apre lo zaino e ci fruga dentro, tira fuori il contenuto, si ferma, si passa una mano sulla testa e torna a guardarsi attorno. Con piccoli movimenti veloci e secchi.

– Che c'è? – chiedo.

– Dobbiamo tornare indietro, – dice.

– Cosa?

– Dobbiamo tornare indietro!

In quell'istante Lele si sveglia. Sbatte le palpebre, sbadiglia e chiede *che succede?*

– Non lo so...

Becco si aggrappa con una mano al mio sedile. Non l'ho mai visto cosí agitato e nervoso.

– Ho dimenticato Borges alla toilette dell'autogrill, – dice.

– Cosa? – Lele ha sgranato gli occhi, ormai completamente sveglio, e lo guarda con quel mezzo sorriso che lo so sta per ridergli in faccia. – Hai dimenticato Borges nel cesso dell'autogrill? Non ci posso credere... – e ride.

– Devo averlo appoggiato sul piano del lavandino...

– Guarda che non ce l'avevi. Io non te l'ho visto... – dico.

– Sí che ce l'avevo. E l'ho dimenticato proprio sul lavandino... Ale, devi assolutamente tornare indietro.

– Tu sei scemo! E poi guarda il lato positivo... – dice Lele. Tira su lo schienale del sedile, abbassa il parasole e guardandosi nello specchietto si sistema un ciuffo di capelli. Dopo questa pausa ad effetto lunga un chilometro, chiedo: – Allora?

– Almeno cosí la smette di leggerci quelle sue dannate poesie...

Mentre penso *Oddio, ecco che ci risiamo*, Becco afferra Lele per la polo con entrambe le mani e lo scuote. – Sei uno stronzo! Ecco cosa sei! Tu pensi solo a te stesso...

– Ehi, mollami... – Lele si volta indietro. È quasi in ginocchio sul sedile e sta lottando contro Becco.

– È da ieri, da quando siamo partiti che ci fai due orecchie cosí con le tue poesie...

– Volete stare fermi? Sto guidando, io!

– Tu non capisci un accidente. Sei e rimarrai sempre un pezzo di ignorante...

– Meglio ignorante che rincoglionito di poesie... E poi quelle di Borges sono anche brutte...

– Cosa hai detto? Non ti permetto...

Sono nel pieno della lotta quando mi arriva una gomitata che per poco non ci sbatte contro il guard-rail di sinistra. Appena la macchina comincia a ondeggiare Lele e Becco si fermano, impauriti. Istintivamente tolgo il piede dal gas e mentre cerco di recuperare il controllo a forza di frenate, sterzate e controsterzate, mi accorgo che dietro di noi sta arrivando un gruppo di *Har-*

leyisti. La paura si manifesta sotto forma di una vampata di calore che mi parte dallo stomaco e mi arriva alle tempie.

– Sterza! Sterza! – dice Lele.

– Frena! Frena! – dice Becco.

Mentre la macchina va di qua e di là, gli *Harleyisti*, che sono sei, inchiodano, sbandano un po' sulle gomme, e poi con una zigzagata magistrale ci superano, tre a destra e tre a sinistra. Gli insulti che ci mandano riusciamo a sentirli perfettamente. E anche le loro facce, nonostante casco cromato e occhialoni, riusciamo a vederle perfettamente. Grosse, barbute, e cattive. Della scritta sui giubbotti, invece, riesco a leggere solo una parola: *Devil*.

Quando finalmente riesco a recuperare il controllo della macchina, metto fuori la freccia e mi fermo nella corsia di emergenza. Sono in un bagno di sudore anche se l'ultimo brivido che mi scuote è piú ghiacciato di una granita nel frizer. È la seconda volta in due giorni che rischiamo di lasciarci la pelle e inoltre stanno arrivando un sacco di auto. Se fosse successo qualche secondo dopo...

Lele e Becco si sono ammutoliti di colpo. Mi giro e li guardo. Le loro facce bianche e slavate sicuramente sono lo specchio della mia.

– Ma cosa siete, deficienti? – urlo. – Cosa vi salta in mente di mettervi a fare a botte mentre guido...

– Non stavamo facendo a botte... – dice Lele. Anche se piú che parlare ansima.

– Li avete visti che facce avevano? – dice Becco. Se ne sta appiattito contro il sedile come una salvietta usata. – Ci mancava la scritta *wanted*...

– Dài, riparti, – dice Lele. – Metti che quelli tornino indietro...

– See, tornano indietro... Mica si può tornare indietro sull'autostra...

Il fatto che Becco si sia interrotto a metà della frase a me e a Lele non piace affatto. Siamo ancora girati verso di lui. I suoi occhi troppo spalancati, le sue labbra socchiuse e un po' tremolanti e quel dito che indica dritto di fronte a sé completano il quadro delle cose che non ci piacciono affatto. Io e Lele deglutiamo nello stesso istante. E mentre deglutiamo, ci voltiamo in avanti sempre nello stesso istante e molto, molto lentamente. La scena è quella di un film che mi sembra di avere già visto, con l'unica differenza che io il *ciak* del regista non l'ho sentito.

Fiction: strada infinita che taglia il deserto del Nevada. Sole rovente che spacca la terra e fa tremolare l'aria in lontananza. *Harleyisti* in formazione a V che avanzano al ralenti.

Realtà oggettiva: Autostrada Adriatica. Pochi chilometri prima dell'uscita per Villafranca. Gli *Harleyisti*, veloci e diligentemente incolonnati stanno avanzando verso di noi sulla corsia di emergenza.

Fiction: gli *Harleyisti* sono vagabondi attaccabrighe.

Realtà auspicabile: gli *Harleyisti* sono padri di famiglia e adesso vengono a verificare se stiamo bene.

Fiction: gli *Harleyisti* sono fondamentalmente dei bonaccioni con i quali alla fine si fa amicizia.

Realtà plausibile: gli *Harleyisti* sono incazzati perché per poco non li mandavamo al creatore e adesso ci sbriciolano come biscottini.

Fiction: adesso il regista dice *buona la prima* e si va tutti in pausa.

Realtà inconfutabile: questo non è un film e adesso ci massacrano davvero.

È tutto quello che penso mentre i motociclisti avanzano verso di noi. E tutto quello che riesco a pensare durante questi attimi eterni è la prova schiacciante che il tempo è una dimensione soggettiva e relativa che si dilata e si contrae. E il tempo non si è mai contratto cosí in fretta come adesso, visto che passano esattamente tre secondi netti dal momento in cui Lele mi scuote per le spalle e mi grida *muoviti!* fino al momento in cui ingrano la prima e riparto.

Per un attimo, mentre li superiamo, il rombo del motore copre il rumore assordante delle loro moto. Non so perché, ma non appena li vedo fare inversione di marcia, mi dico che me lo aspettavo.

– Guardate che ci stanno inseguendo! – dice Becco. È in ginocchio sul sedile e, come i bambini, tiene le mani appoggiate contro il lunotto, le dita bene aperte e schiacciate contro il vetro.

– Non è possibile! – dico. – Questo è un film, siamo inseguiti da un gruppo di motociclisti, non è possibile...

– Piantala di frignare e schiaccia quel pedale! – urla Lele. – E stai attento a quella macchina... La macchinaaa!

Scanso una Peugeot 205 in prima corsia e poi una Volvo 760 in seconda, e poi di nuovo in prima di fianco a una Clio e poi ancora in seconda davanti a una Audi 80 che frena e mi lampeggia, ma i motociclisti sono piú veloci e riescono a sorpassare, affiancare e zigzagare molto piú agilmente di noi.

– Questi non ci mollano! Questi non ci mollano! – dice Becco. E il tono di voce piú che impaurito o preoccupato, mi sembra incazzato. – Io lo sapevo che non dovevo venire. Lo sapevo che dovevo stare a casa a dipingere e a scrivere. Lo sapevo che non dovevo darvi retta a voi due...

– La vuoi piantare! Magari si stufano e ci lasciano perdere... – urla Lele.

– Non si stufano affatto! Non si stufano! Ale, santo Iddio, accelera!

Mentre schiaccio l'acceleratore con tutta la pianta del piede e il tachimetro passa in niente secondi da centoventi a centosessanta e la macchina sguscia con un rumore graffiante e rotondo da ripresa, dico: – Se vado un po' piú forte torniamo indietro nel tempo...

– Ti sembra il momento di fare battute? – dice Lele mentre si gira indietro per controllare la strada. – Comunque li stiamo seminando...

– Li stiamo *seminando*? Mi sa che hai visto un po' troppi film americani...

– E anche di quelli scadenti, – dice Becco. – Ci stanno attaccati come francobolli su una busta.

Lancio un'occhiata allo specchietto retrovisore. Il gruppo di macchine che avevamo superato prima è rimasto indietro. E gli *Harleyisti*, che adesso sono davvero in formazione a V, stanno paurosamente accorciando la distanza tra noi e loro. Schiaccio ancora l'acceleratore e la freccia del tachimetro sale a centottanta. Mi sembra che questo inseguimento duri da una vita e in un attimo di sconforto mi dico che questi non ci mollano finché non ci hanno raggiunti. Magari in un autogrill che per l'occasione si trasforma in uno di quei ristoranti fatiscenti che si trovano in mezzo al deserto americano, pieno di camionisti e altri motociclisti duri, cattivi e con una propensione genetica a fare casino. Ai miei pensieri catastrofici mi strappa Lele che dice una cosa che non capisco.

– Cosa?

– Ho detto usciamo dall'autostrada. C'è l'uscita per Pescara-Villafranca, adesso.

– Sí ma se usciamo capiscono che abbiamo paura.

– Ah sí? – Mi guarda spazientito, Lele. Ho poco tempo per decidere e non sono nemmeno tanto convinto che sia una buona idea, ma quando Becco urla *oh mamma sono sempre piú vicini*, metto la freccia e imbocco lo svincolo.

Gli *Harleyisti* rallentano indecisi, ma nello stesso istante in cui Lele dice *okay ce l'abbiamo fatta*, Becco, senza rendersi conto delle conseguenze, con un gesto ampio delle braccia, compiuto, eloquente e ben visibile agli inseguitori grida *to' brutti stronzi vi abbiamo fregato*. E questo li fa incazzare e tutto ricomincia.

Quello che succede dopo è una sequenza assurda di scene e un incrocio delirante di insulti. Mentre i motociclisti ci inseguono lungo la rampa di svincolo e Lele e Becco ricominciano a litigare e a fare a botte io prego che al casello non ci sia la fila. E mi viene quasi da piangere quando vedo che le mie preghiere sono state esaudite, cosí con una manovra magistrale tiro fuori cento carte dal portafoglio, afferro il biglietto dell'autostrada incastrato dentro la linguetta del parasole, e mentre con un'occhiata mi accorgo che gli *Harleyisti* sono rimasti imbottigliati dietro un provvidenziale flusso di auto sbucate da chissà dove, mollo biglietto e soldi al casellante e senza aspettare il resto riparto sgommando.

Ormai completamente calato nella parte del fuggiasco è sufficiente la convinzione che i motociclisti ci stiano ancora inseguendo a spingermi a guidare a tutta velocità e alla cieca. Lele e Becco sembrano essersi calmati. O forse si calmano perché si rendono conto che gli *Harleyisti* non ci inseguono piú e che, quindi, non c'è piú alcun motivo di correre.

– Ehi, ti vuoi fermare! – dice Lele ad un certo punto.

– Non mi fido.

– Come non ti fidi? Non ci sono piú...

– Non mi fido.

– Lele ha ragione, non ci sono...

– Tu sta' zitto! È tutta colpa tua se...

– Ma sta' zitto, tu! Sei stato tu a cominciare...

– Cosa hai detto? Io ti rompo la faccia!

– Ah, sí? E allora fatti avanti...

È l'eventualità di un ennesimo e insopportabile episodio di litigio tra Lele e Becco a spingermi a gridare *basta!* e a rallentare. E non appena mi fermo sul ciglio della strada un silenzio teso e stupito ci copre come una cappa.

Ci guardiamo attorno. Siamo su una strada regionale che costeggia un fiume e taglia il paesaggio collinare perpendicolarmente all'autostrada alle nostre spalle. Improvvisamente mi sento stanchissimo. Beviamo a turno dalla bottiglia comprata in autogrill e forse ci calmiamo.

– Che si fa? – chiedo.

– Come *che si fa?* Riprendiamo l'autostrada... – dice Lele.

– E se quelli sono usciti e ci aspettano dall'altra parte? – dice Becco.

– Ma andiamo! Questa è fantascienza!

In realtà questa era una cosa che non avremmo mai saputo: 1) perché, unici nella storia del viaggio, ci perdiamo a pochi chilometri dall'entrata in autostrada, 2) perché sbagliamo strada e ci ritroviamo nei pressi di un paesino immerso nel niente, 3) perché si rompe la catena della distribuzione e rimaniamo inchiodati tre giorni nel suddetto paesino immerso nel niente.

CAPITOLO QUINDICESIMO

Quando gli inconvenienti superano la tua presunta capacità di sopportarli, quando il nervoso si trasforma in sconforto e la rabbia in impotenza tutto quello che i tuoi sensi registrano, anche le cose piú insignificanti e marginali, tutto, ti sembra piú nitido, pesante e negativo. E allora ecco che mentre siamo qui, fermi con la macchina sul ciglio di questa stradina in salita immersa nel verde, tutto attorno mi sembra una variante estrema e grottesca della realtà. Il verde è troppo verde e innaturale, gli alberi spettinati dal vento sono un dondolio stonato e nauseante, il cinguettio degli uccelli è un lamento acuto e fastidioso e il sole è uno strato di brace sanguigna sulla pelle. E poi il caldo è troppo caldo, asfissiante e umido e la voce di Renato Zero che canta *be-llaaa-è-la viii-taaa* sa tanto di suprema, irriverente e necessariamente conclusiva presa per il culo.

Probabilmente questa catena di sfighe è troppo anche per Becco e Lele perché, per la prima volta nella loro storia comune, stanno zitti e non si incolpano a vicenda.

Da parte mia cerco ancora di capire come ho fatto a sbagliare strada e come ho fatto a perdermi. Mi chiedo perché ho imboccato questa direzione, ma soprattutto mi chiedo *perché* proprio la catena della distribuzione.

La prima cosa è stato uno schianto secco e metallico, seguito subito dopo da uno sbuffo di fumo denso e grigio. E quando ho fermato la macchina e siamo scesi l'espressione sul volto di Lele era esattamente l'espressione che non volevo vedere. E quando abbiamo aperto il cofano e il fumo ci ha avvolti come in una scena da cartone animato e Lele si è messo le mani sulla testa e ha detto quella cosa, anche quella era esattamente la cosa che non volevo sentire. *Oddio, siamo rovinati*. Per un attimo ho anche creduto che Lele si sarebbe messo a piangere.

Sconsolati, abbiamo guardato il motore per almeno cinque minuti. Poi siamo tornati in macchina e abbiamo fatto esattamente quello che c'era da fare. Cioè niente. Siamo stati zitti perché, ero certo, se qualcuno di noi avesse detto anche solo *bao* sarebbe successo il finimondo. La capacità umana di sopportazione ha un limite. Cosí, mentre osservavo lo sguardo vuoto di Lele e quello confuso di Becco, pensavo in termini apocalittici. Dio ci stava punendo. La catena della distribuzione si era rotta nel luogo piú desolato della terra e proprio di sabato pomeriggio. Questo implicava che se avessimo voluto proseguire avremmo dovuto noleggiare una macchina, oppure che avremmo dovuto aspettare fino a lunedí. E se volevamo aspettare fino a lunedí questo significava telefonare a casa per avvertire e magari sorbirci ognuno le rispettive ramanzine. E tutto questo a condizione di trovare, lunedí, un meccanico zelante e pietoso che ci facesse il lavoro entro la giornata. Dio ci stava punendo, ma i Litfiba dalla radio stanno cantando *la speranza è l'ultima a morire, chi visse sperando morí non si può dire*, cosí mi rendo conto che, intanto, la prima cosa da fare è telefonare e farci venire a prendere da un carro attrezzi.

– Lele?

– Sí?

– Prendi il cellulare e chiama un carro attrezzi.

– Non posso.

È l'espressione della faccia di Lele che mi fa tremare le parole sulla lingua.

– P-perché...?

– Perché è scarico e credo di aver dimenticato il carica batterie a casa di Melissa.

Sí. Dio ci stava punendo.

– Okay, – dice Becco. – Che si fa ora?

Non so perché ma quella domanda, fatta adesso e con quel tono neutro e calmo, mi fa salire il sangue al cervello. Mentre mi giro sul sedile per guardare Becco, per una frazione di istante il pensiero che mi attraversa la testa è: perché Becco si incazza quando non ce n'è bisogno e invece quando ce n'è bisogno assume quell'aria tranquilla che mi dà tanto sui nervi?

Lo guardo. È seduto al centro del sedile, le braccia conserte e le gambe accavallate neanche fosse a teatro. Lele, invece, lo sguardo rivolto verso il basso, si tiene la fronte fra pollice e indice in una perfetta interpretazione dell'uomo piú affranto del mondo.

– *Che si fa?* Ma non hai sentito? Qua il signorino si è dimenticato il carica batterie...

Lele solleva la testa e mi guarda. – Ehi stai calmo! Di chi è la colpa se ci troviamo qui?

– Mia?

– Se non sbaglio l'imbecille che ha sbagliato strada sei tu!

– Perché voi non ce li avete gli occhi per guardare i cartelli? Tutto questo non sarebbe mai successo se non mi avessi ordinato di uscire dall'autostrada!

– Quelli ci stavano inseguendo!

– È vero, – dice Becco.

– Tu sta' zitto! – grido. – Che cavolo ti è saltato in mente di fargli quel gesto, eh?

– Il problema non è essersi persi! Il problema è che per colpa tua abbiamo rotto la catena del motore...

– Seee, della bicicletta... Ma sta' zitto!

– E poi se tu non avessi corso cosí tanto...

– E chi è che mi gridava di accelerare? E chi sono i due imbecilli che si sono messi a litigare?

– È colpa sua! – urla Becco indicando Lele con un dito.

– Mia?

– E non fare quella faccia! Hai cominciato tu a prendermi in giro per via di Borges!

– Tu rompi le palle!

– Se voi due non aveste...

– Sí, *e se e se*, – dice Becco. – Se mio nonno avesse le ruote sarebbe una carriola... Ma sta' zitto!

Questo è davvero troppo. Mi giro in avanti, le spalle che aderiscono allo schienale e le mani sul volante. Inspiro profondamente e con un tono di voce che non mi sembra neanche il mio, dico: – Io non ce la faccio piú. Sapete cosa vi dico? Che è stato un grosso errore fare questo viaggio con voi. Se avessi preso il treno tutto questo non sarebbe successo...

Ci guardiamo un istante soltanto. Il silenzio che ci sta avvolgendo è strano. Una pausa tesa, un momento di passaggio che dura poco ma che la mia coscienza registra come lunghissimo. Fisso un punto indefinito di fronte a me, un po' piú spostato a sinistra, un punto inesistente tra il bordo della strada e un ciuffo d'erba giallastra schiacciato sull'asfalto.

– Questo è il ringraziamento per averti accompagnato... – dice Lele in un tono basso, diverso. E all'improvviso tutto mi sembra davvero diverso. Un cambiamento come a volte succede mentre si parla, uno scarto repentino, un deragliamento veloce che ridisegna i rapporti e le proporzioni e che non sai neanche come e perché è successo.

– A voi non interessava un tubo di accompagnarmi. Era l'occasione per fare qualcosa, non ve ne fregava un tubo.

– Ehi, dove vai?

La voce di Lele mi raggiunge quando ormai sono fuori dalla macchina. Apro il baule e tiro fuori il sacco a pelo e lo zaino.

– Si può sapere dove vai, adesso?

Lele e Becco sono scesi dalla macchina. Becco ha una mano agganciata al bordo superiore della portiera aperta e un piede ancora dentro. La fronte contratta e il labbro inferiore stretto tra i denti gli danno un'aria pensosa. Lele, invece, è al centro della strada, le gambe leggermente divaricate e le braccia aperte ai lati del busto. – Si può sapere cosa hai intenzione di fare? – dice.

Giro le spalle ad entrambi e mi incammino. – Me ne vado. Torno all'imbocco dell'autostrada e mi faccio dare un passaggio.

– Cosa?

La voce di Lele mi arriva forte e nitida accompagnata da una folata di vento caldo. Per un attimo mi attraversa veloce la sensazione che quello che sto facendo sia solo scena. Un pensiero che si stempera e si dilegua altrettanto rapidamente quando Becco urla *non avrai intenzione di lasciarmi solo con questo qua* e Lele gli risponde *ma sta' zitto santiddio!*

– Ma lo vedete come siete? Non fate altro che pensare a voi stessi! E io sono stufo!

– Avanti, torna indietro...

– No.

– Ale, per favore!

– No.

Lo sento che mi rincorre, Lele. Dapprima è una corsa lenta e regolare che diventa sostenuta e veloce quando accelero il passo.

– Fermati, dài...

– No.

Stringo il sacco a pelo sotto il braccio, mi sistemo meglio lo zaino sulla spalla e comincio a correre. Il caldo soffocante, il sole che mi batte sul collo e sulla schiena e la strada leggermente in salita mi fanno sudare. E anche se il quadretto comincia ad apparirmi ridicolo, io e Lele che ci rincorriamo sotto questo cielo azzurro di fine luglio con Becco che da lontano grida *ma cosa siete deficienti*, ormai è diventata una questione di principio. Sarà il peso della roba che mi porto dietro, sarà il caldo, sarà che a scuola saltavo quasi sempre l'ora di ginnastica, ma dopo nemmeno cento metri, il fiato grosso, l'aria che mi brucia i polmoni e le gambe che cedono, sono costretto a rallentare. E Lele mi afferra per lo zaino proprio in quel momento. E tira cosí forte che perdiamo l'equilibrio, inciampiamo, slittiamo di lato e cadiamo lunghi distesi in mezzo all'erba che alta costeggia il ciglio della strada.

A terra, sdraiati uno di fianco all'altro rimaniamo qualche secondo in silenzio. Chiudo gli occhi e il respiro pesante di Lele si accorda con il mio. Il canto dei grilli, forte e nitido, è come se nascesse direttamente nell'aria.

– Ma che ti salta in mente... – ansimo. Mi premo un lembo della maglietta sulla faccia per asciugare il sudore, poi, sempre respirando a bocca aperta giro la testa e lo guardo. Il suo profilo spunta oltre il ciuffo d'erba che divide le nostre teste. Anche lui respira a bocca aperta. Le braccia spalancate e gli occhi chiusi.

– L'hai visto... *Stand by me*? – dice lentamente nel tentativo di tenere sotto controllo la respirazione.

– Cosa...?

– Il film. *Stand by me*, l'hai visto?

– Sí.

– River Phoenix non ha... corso cosí tanto per raggiungere il suo amico.

Richiudo gli occhi. – Non aveva degli amici come voi, River Phoenix.

– Già, però litigano un sacco...

– Non litigano un sacco.

– A me sembrava di sí.

– E comunque loro avevano dodici anni e noi diciotto.

– Questo non c'entra...

Si tira anche lui un lembo di maglia sulla faccia e si asciuga il sudore.

– Non credevo guardassi film del genere, – dico dopo un po'.

– È un bel film.

– Sí, ma cosa c'entra con noi?

– Mi è venuto in mente prima, mentre ti rincorrevo. Anzi, piú ci penso piú questo viaggio mi sembra un'avventura alla *Stand by me* –. Gira la testa e mi guarda, Lele. Di nuovo quello sguardo lungo e lento.

– Ale, se te ne vai adesso non ha piú senso... Voglio dire, siamo partiti insieme, ma il viaggio non è solo tuo. È anche nostro, adesso... Non importa il motivo per cui abbiamo accettato di accompagnarti... è anche nostro, adesso...

– Davvero molto bucolica e virgiliana, la scenetta, ma adesso che si fa? – Becco ci ha raggiunto e adesso è in piedi sul ciglio della strada e ci guarda e sorride. – Vi manca solo la cetra e qualche pecora.

Lele ride alla battuta di Becco, poi si solleva su un gomito e mi guarda speranzoso. – Allora?

– Accidenti... Vediamo almeno di trovare qualcuno che ci aiuti.

La campagna è quella assolata e calda di mezzogiorno. Immobile e gialla, trattenuta in movimenti lenti e assonnati. Il rumore è quello dei grilli o forse delle cicale, un lungo respiro ritmico che solleva l'aria.

Camminiamo uno di fianco all'altro. Io al centro, Lele alla mia sinistra e Becco alla mia destra. Stringo il sacco a pelo come se tenessi in braccio un bambino.

È Lele a portare il mio zaino. E ad ogni passo che fa lo zaino dondola e mi sfiora la spalla, come una mano che mi tocca.

C'è questa cosa che mi ha detto Lele. È una girandola dentro, colorata e proprio al centro della testa. Una certezza che non si può spiegare. È davvero come in *Stand by me*, questo viaggio. Che non ha senso se non stiamo tutti insieme.

CAPITOLO SEDICESIMO

Quello che successe da quel momento in poi, dall'istante in cui tornammo alla macchina fino a quando giungemmo a Gallipoli, fu l'anello di congiunzione tra il qualcosa che c'era prima e quello che ci sarebbe stato poi. Un passaggio lento e a volte accelerato, un cambiamento senza contorni, ma denso e irripetibile. Come certe cose che ti capitano da ragazzo che succedono una volta e non vanno piú via.

Il primo paese che incontriamo è a circa un paio di chilometri dal punto in cui abbiamo lasciato la macchina. Quando siamo tornati indietro, Lele ha voluto guardare il danno un'ultima volta. Era cosí abbattuto e preoccupato che mi sono sentito in colpa. *Mio padre mi ucciderà*, ha detto. *E se non lo farà lui, morirò di paura nel momento in cui glielo dico.*

– E noi non glielo diciamo, – dice Becco.

– E metti che non troviamo nessuno? Metti che ci voglia un sacco di tempo?

Ma Becco gli ha appoggiato una mano sulla spalla e gli ha detto: – Vedrai che si sistema tutto.

Abbiamo raccolto le nostre cose dal baule e ci siamo allontanati.

Il paese sono quattro case gettate come mattoncini giocattolo attorno a un quadrato che l'urbanistica definisce piazza. Ci sono una chiesa, un bar, qualche negozio sprangato e, unico segno di vita, un cane rosso che gironzola su e giú e che non ci degna di uno sguardo.

– C'è già stato il Giudizio Universale e noi non ce ne siamo accorti? – dice Becco passandosi una mano sulla fronte umida di sudore.

– Io non so voi, ma a me sta venendo da piangere, – dice Lele.

– È mezzogiorno, – dico. – Magari la gente è a tavola...

– Quale gente? – chiede Lele.

– Sentite, là c'è un bar. Chiediamo al barista se da queste parti c'è un meccanico...

– Ale, non c'è niente da queste parti, e la mia macchina, anzi la macchina di mio papà, è là abbandonata in una stradina sperduta e se succede qualcosa... Oddio, mio padre mi uccide, anzi no, mi disereda, il che è peggio.

– La pianti di frignare?

– Il piagnisteo, – dice Becco guardandosi attorno in modo indifferente, – fa parte del bagaglio innato dei ragazzi ricchi.

Lele mi guarda. – Ma che cavolo sta dicendo?

– Boh...

– E comunque non sappiamo nemmeno dove passare la notte.

– Abbiamo i nostri sacchi a pelo, – dice Becco.

– Io non ci voglio dormire in un sacco...

– E allora per che cacchio te lo sei portato!

Lele apre la bocca ma questa volta non glielo do il tempo di ribattere. – Adesso andiamo nel bar e chiediamo se c'è un meccanico. E piantatela! Mi sembra di essere all'asilo...

Il barista, un uomo alto e grosso dalla faccia quadrata e molle, ci guarda come fossimo tre fantasmi. Dopo l'attimo di sorpresa iniziale prende a fissarci stringendo gli occhi in uno sguardo acuto come se ci volesse inchiodare alla parete. Il bar ha tavolini e sedie in formica e pareti gialle di nicotina. Uno di quei bar che ti aspetti in un film degli anni Sessanta.

Sono io ad avvicinarmi al bancone e a chiedere di un meccanico. Lele è troppo sconvolto e Becco, non so perché, non riesce a staccare gli occhi da un vecchio seduto in fondo al locale con le spalle contro la parete.

Il barista, le braccia incrociate sul suo pancione enorme, mi guarda serio mentre gli racconto del nostro incidente. Alla fine, dopo una pausa eterna, prorompe in una risata divertita che gli ridisegna le fattezze del volto. Per un attimo mi sembra addirittura simpatico.

– Brutto guaio ragazzi, – dice, – davvero un brutto guaio. Hai sentito Aristide?

Il vecchio seduto in fondo al bar, che fino a quel momento aveva ricambiato lo sguardo di Becco, concentra i suoi occhi acquosi sul barista. Se ne sta seduto con la schiena dritta, le ginocchia aperte e le mani appoggiate una sopra l'altra sul pomello del bastone che tiene ben piantato a terra davanti a sé. C'è una certa dignità in quella posa, come nel volto immobile e fitto di rughe. Il vecchio, nell'udire il proprio nome ha girato la testa, lentamente, come se si fosse appena svegliato da un lungo sonno. Ha guardato il barista, poi è tornato con gli occhi fissi su Becco.

– Aristide è il piú vecchio del paese. Passa qui la maggior parte delle sue giornate. Fa un po' pena. Se ne sta sempre cosí, ma anche se non parla quasi mai, mi fa compagnia. Vero Aristide? – dice il barista alzando il tono della voce. Ma Aristide questa volta non si gira.

– Senta, – interviene Lele per tagliare corto, – c'è o no un meccanico?

– Certo che ce l'abbiamo. Vi prendo il numero di telefono. E se mai vi spiego anche dove abita...

Ordiniamo qualcosa da bere e mentre il barista mi spiega come raggiungere la casa del meccanico, Lele prova a telefonargli.

– Okay, fatto, – dice Lele dopo aver agganciato la cornetta. – È disposto a trainarci la macchina fino all'officina. Dobbiamo solo andare a casa sua.

Ringraziamo il barista e siamo quasi sulla porta quando dal fondo ci giunge la voce del vecchio.

– Ehi, ragazzo!

Ci giriamo. Il vecchio solleva un indice ossuto e indica Becco. Gli trema un po' il dito, come anche il sorriso appena accennato e la voce, rauca e sottile, quando dice: – Ehi, ragazzo, lo sai che assomigli a Rimbaud?

– Questo è un paese di suonati, – dice Lele mentre ci incamminiamo lungo la strada che ci è stata indicata. – Passi per il barista, che probabilmente noi siamo le uniche facce nuove che vedrà per il resto della vita, ma quel vecchio rimbambito... Cos'è che ti ha...

Lele si blocca perché Becco si è fermato. Lo sguardo di Becco è fermo. Tutto nel suo volto è fermo. Anche le labbra. Una linea tesa e dura.

– Che c'è? – chiede Lele. È a disagio. Il modo in cui Becco lo guarda non è il solito modo.

– Quel vecchio non è un rimbambito! Se ha letto Rimbaud conosce un sacco di altre cose. E una persona che conosce un sacco di cose non è rimbambita, anche se passa le sue giornate seduta da sola in un bar.

– Scusa... Non credevo che ti stesse cosí a cuore...

– Non è quel vecchio ad essere rimbambito. È la gente come te, quella che non vede oltre il proprio naso, ad essere rimbambita. Quella che non vuole ascoltare perché non ha niente da dire. Sono solo questi i rimbambiti, gli stupidi. Che ridono di cose che non sanno senza sapere che stanno ridendo della propria stupidità.

Dopo quella presa di posizione tra di noi, per alcune ore, cala il ghiaccio.

Camminiamo in silenzio fino alla casa del meccanico. Io e Lele, e Becco qualche passo piú indietro.

L'incontro con quel vecchio lo aveva colpito. E le cose che aveva da raccontare, Becco, se le fece raccontare tutte.

Il meccanico è un ometto sui sessant'anni, tarchiato, dagli occhi vispi e dai movimenti veloci. Nonostante l'età, i pochi capelli che ha sono neri, come le sue mani sporche di olio e di morchia.

Gli basta uno sguardo rapido al motore per valutare l'entità del danno.

– Tre notizie, – dice. – Una buona, una cattiva e una cosí cosí. Quale volete prima?

Lele, prima di rispondere, mi lancia un'occhiata. – Quella cosí cosí.

– Oggi è sabato e per comprare il pezzo devo aspettare fino a lunedí. In piú devo sostituirlo, per cui mi sa che prima di martedí non riuscirete a ripartire.

– Quella buona?

– Avete spaccato solo la catena della distribuzione. Se andavate un po' piú forte vi partiva il motore e cambiare un motore di una Mercedes...

– Okay, okay... E quella cattiva?

– Che vi costerà comunque un bel po' di soldi.

– Cioè?

– Da un milione e mezzo a due milioni.

– Oddio voglio morire.

CAPITOLO DICIASSETTESIMO

Il posto per dormire lo scegliamo appena fuori dal paese, nell'aia erbosa di una cascina abbandonata. Non so perché proprio quel posto. Forse perché ci passiamo davanti nel pomeriggio e per una volta tanto siamo d'accordo tutti e tre. Anche Lele. Forse è preoccupato per la macchina, o forse, a renderlo cosí remissivo e silenzioso, a giudicare dagli sguardi che di tanto in tanto lancia a Becco, è stato proprio il litigio del pomeriggio. Non c'è tensione tra loro, semplicemente si è eretta una barriera di silenzio, vischiosa e spessa come tutti i silenzi che nascono dalla volontà di isolarsi. E Becco quel pomeriggio si isola volutamente. Si è seduto sotto un albero, all'ombra, e ha iniziato a leggere. Ogni tanto si interrompe, apre il suo quaderno e scrive.

Il caldo è piú secco, piú ventilato, adesso. Dalla campagna attorno non proviene alcun rumore. L'aria non è immobile, ma è come se lo fosse, perché quel sole accecante, quella distesa di colline e quel cielo azzurro danno forma all'idea di immobilità. Ci sono i grilli, le cicale e ronzii di vespe e api. Qualche mosca e il fruscio leggero delle foglie sugli alberi. Ma quei rumori, quei suoni, li senti solo se ti concentri. Fanno parte del silenzio della campagna.

Io e Lele ci siamo sdraiati all'ombra di un vecchio carro, dall'altra parte dell'aia, quasi di fronte a Becco. Abbiamo parlato di qualcosa, tipo che avremmo dovuto telefonare a casa per avvertire che il nostro viaggio si sarebbe prolungato, cose cosí, cose inutili. In realtà Lele pensava a Becco e alla sua reazione. Nemmeno io capivo fino in fondo l'ostinato isolamento di Becco. O meglio, non ci volevo credere. La mia era solo una sensazione, ma che quel vecchio avesse parlato di Rimbaud doveva aver colpito Becco in un modo impressionante.

Circa a metà pomeriggio, quando io e Lele scartiamo i panini che abbiamo comprato all'autogrill, mi avvicino a Becco per chiedergli se ha fame.

– No. Grazie.

Fisso il suo profilo chino sul quaderno, il suo ciuffo biondo e le sue labbra strette, concentrate su quello che sta scrivendo.

– Si può sapere che c'è?

– Niente.

– Non è vero.

Becco solleva le spalle e non mi risponde. Mi siedo accanto a lui e guardo in direzione di Lele. Anche lui mi sta guardando.

– Lele ci è rimasto male per quello che gli hai detto. E se devo essere sincero nemmeno io ci sto capendo molto.

È stato quello il momento in cui Becco ha alzato la testa e mi ha guardato dritto negli occhi. C'era ancora quel movimento strano nelle sue pupille, un po' come la notte prima a San Marino. Forse piú lento e piú triste. – Tieni. Leggi, – dice porgendomi il quaderno aperto.

Sono citazioni e riflessioni scritte alcune a matita e altre a penna. Una grafia minuscola e pesante. Di quelle che arricciano il foglio e lo fanno scricchiolare. Becco sfoglia il quaderno indietro di qualche pagina e mi indica il punto.

Ha delle cose, comincio a leggere, *il vecchio, dentro. Cose confuse. Ricordi, immagini, e sensazioni. Cose che non può dire perché sono troppe e si accavallano. Anche le cose belle sembrano tristi, dentro di lui. Guarda il mondo con i suoi occhi acquosi, in silenzio. Non può dire e raccontare perché le parole tremano e incespicano, come i suoi pensieri. Troppe parole per lui che non parla piú. Ci vuole chiarezza per raccontare, e la chiarezza, quando le cose dentro sono troppe, svanisce. E allo-*

ra tace, il vecchio. E le cose dentro, se le racconta a lui solo. Ma a volte qualcosa trapela da quello sguardo acquoso. È questa la tristezza dei vecchi: quella cosa che trapela. Specchio delle cose che non può piú raccontare.

– Capisci? – mi dice Becco alla fine. – Quando ha detto quella cosa su Rimbaud... Era una cosa bellissima... Non è un rimbambito che se ne sta abbandonato su una sedia come una cosa morta. Quando ha detto quella cosa ho pensato a tutti i vecchi che vediamo ogni giorno e che non degniamo di uno sguardo, semplicemente perché se ne stanno lí, in disparte e in silenzio e sembra che non abbiano nulla da dire. Forse se io non assomigliassi a Rimbaud quel vecchio non mi avrebbe nemmeno guardato e non mi avrebbe nemmeno detto niente... Magari se mi avesse detto che assomigliavo a suo nipote mi avrebbe fatto meno effetto...

Ha parlato lentamente, Becco, lo sguardo immobile, dritto, agganciato ai miei occhi. Ha continuato a guardarmi anche dopo, come se da me si aspettasse una risposta.

– Quando ho detto quella cosa a Lele, non ce l'avevo solo con lui, ma anche con me stesso. Perché se quel vecchio non avesse tirato fuori Rimbaud probabilmente avrei pensato di lui le stesse cose che ha pensato Lele. L'ho accusato...

– Questa cosa che ho letto l'avresti scritta lo stesso.

– Cosa?

– Non parla di Rimbaud, questa cosa. O di scrittori o di poeti, o di letteratura. È una riflessione sui vecchi, non sulla potenza della letteratura. L'avresti pensata lo stesso questa cosa e avresti detto lo stesso quelle cose a Lele. Forse con meno foga, ma lo avresti fatto. Semplicemente, sapere che quel vecchio conosce Rimbaud ha fatto scattare questa riflessione in modo violento. Probabilmente siete sulla stessa lunghezza d'onda...

– Non lo so...

– Becco, è una bella cosa quella che hai scritto, Rimbaud non c'entra.

Si guarda la punta di una scarpa, Becco. Gioca con le stringhe, in silenzio.

– Ale, credi che io sia intollerante? Voglio dire, credi che la mia reazione sia stata esagerata?

– Vuoi sapere una cosa?

– Cosa?

– Lele ci tiene al tuo giudizio. Crede che tu pensi che sia uno stupido. E quello che gli hai detto oggi... insomma c'è rimasto male.

Becco lascia la stringa della scarpa e mi guarda. E i suoi pensieri è come se fossero addensati tutti lí, in quello sguardo, e nello spazio tra gli occhi e la curva contratta delle sopracciglia.

– Non ho mai pensato che fosse stupido. Anche i nostri litigi... Non sono mai niente di importante, è come un gioco anche se magari non ce ne rendiamo conto... Però a volte mi chiedo perché si comporti cosí, perché deve dire certe cose...

– Becco, non siamo fatti tutti alla stessa maniera...

– Lo so, però lui non capisce, deve sempre ridere di tutto, anche della letteratura o di quel vecchio che parla di Rimbaud.

– Forse non dovresti prendere tutto cosí sul serio.

– È questo il problema, Ale. Che non ce la faccio. Le cose che sono la tua vita non puoi fare altro che prenderle sul serio. E il divario è inevitabile. Forse il motivo per cui me la prendo è proprio perché non considero Lele uno stupido. Voglio dire, speri sempre che le persone a cui tieni possano capirti fino in fondo...

– E glielo hai mai detto questo?

– Certo che no!

– E perché? Secondo me lo sottovaluti, Lele.

– Ti sembrerà strano, ma lo so. Insomma, me lo sento.

– Senti, – dico, – perché non vai a parlargli...

Mi blocco perché Becco ha abbassato di colpo lo sguardo e ha ricominciato a giocare con la stringa della scarpa.

– Perché a volte è difficile. Parlare, voglio dire. E poi non credo che sia una buona idea. Almeno non adesso, forse piú tardi...

Lo guardo a lungo. Il suo senso di inadeguatezza sembra il mio. È per questo che non insisto. È per questo che mentre mi alzo per lasciarlo solo, dico: – Okay, non ti preoccupare –. Ma mi allontano solo di qualche passo quando Becco mi chiama.

– Ale?

– Sí?

– Grazie.

– Di niente...

– Ale?

– Sí?

– Sono quelle cose che ti accadono dentro all'improvviso, non so come dire... Quando una scheggia di realtà piú dura del solito ti penetra dentro e mette in moto quel meccanismo per cui hai voglia di stare solo e di pensare...

– Sí, lo so.

– Non sono arrabbiato con Lele, è che...

– Lo so. Credimi, ti capisco...

Lo so, Becco. Lo so.

E mentre attraverso l'aia mi succede. La sensazione è quella forte e un po' strana di aver trovato qualcosa, di essere andato un po' piú a fondo e di avere scoperto quella cosa in piú. Il dettaglio nell'angolo buio di un affresco, o la sfumatura essenziale di quella poesia ripetuta all'infinito.

Prima che chiudessero i negozi, siamo tornati al paese a comprare qualcosa da mangiare. Piú che altro panini, sacchetti di patatine e lattine di coca. Becco e Lele non si sono parlati e mi sembrava strano essere insieme a loro senza sentirli litigare. Quando siamo entrati nel bar per telefonare, Becco ha cercato con lo sguardo il vecchio di quella mattina. Ma non c'era. Ce n'erano degli altri, un gruppo di quattro che giocava a carte e parlava ad alta voce, un altro signore che leggeva il giornale e altri due che discutevano e bevevano vino in un tavolo isolato.

Al telefono, mia madre ha chiesto se era successo qualcosa. Io le ho risposto che no, che semplicemente ci stavamo divertendo e che avevamo deciso di prolungare il viaggio. Lei, con quella sua voce cosí sottile e incolore da sembrare stanca, ha detto *va bene, state attenti*, e niente altro. Nemmeno quelle cose che dicono spesso i genitori quando vogliono ricordarti che sí, va bene divertirsi, ma ci sono anche delle responsabilità. Ma lei non mi ha chiesto né detto altro. Nessun riferimento al mio impegno di lavoro, come se quella cosa, quella particolare responsabilità che mi riguarda non la interessasse. Come se quella cosa che mi riguarda se la fosse dimenticata.

Quello che provo, mentre riaggancio la cornetta è una sensazione che conosco, un buco, un vortice vuoto che produce altro vuoto, e che diventa piú veloce e definito quando sento Becco alzare la voce con sua madre e dare spiegazioni e giustificare.

Mi allontano da Becco che gesticola e sbuffa ed esco dal bar. Per un attimo il vuoto si trasforma in invidia per quella cosa che a me non succederà mai. Convincere, spiegare e far valere le mie ragioni. Ma dura poco, perché ci sono abituato. Alla lontananza di mia madre, al suo mondo che si è chiuso, io ci sono abituato.

Solo piú tardi, mentre torniamo alla cascina, mi rendo conto che Lele è l'unico che non ha telefonato.

L'idea di fare un fuoco al centro dell'aia e poi di sistemarsi attorno viene a Lele.

Le abitudini sono dure a morire. E tra gli amici, c'è tutta una serie di abitudini comportamentali, che sono codici, regole tacite, che per quanto uno ci provi non riesce ad infrangere. Meccanismi che sono la sostanza stessa di un rapporto. Cosí quando Lele ha cominciato a illustrare il metodo per fare un fuoco, con tanto di *si fa cosí e cosà*, me lo sentivo che Becco, dal modo in cui lo guardava, non ce l'avrebbe mai fatta a non intervenire.

– È facile, – dice Lele. – Si prendono delle pietre e si mettono in circolo. Poi si prendono dei rametti sottili, si accendono e poi...

– E dove l'hai letto? Nel manuale delle Giovani Marmotte?

– Sí! E ho imparato anche a costruire una fionda!

– E i nodi marinari, no?

– No, mi si era strappata la pagina, okay?

– Finalmente! – dico.

Lele e Becco si zittiscono e mi guardano stupiti. – Che c'è? – chiedono.

Allargo le braccia. – Finalmente. Cominciavano a mancarmi i vostri battibecchi, davvero, ve lo giuro, cominciavano a mancarmi.

E a quel punto ci mettiamo a ridere tutti e tre.

È una bella sensazione, quella di starsene qui cosí, di notte, con la campagna scura che si dilata in ogni direzione, una massa nera e viva che delimita il cielo. Il silenzio profondo e denso, rotto solamente dal canto dei grilli, e il fuoco che scricchiola. Le ombre che si disegnano sulla parete della cascina, che tremano e sembrano fiamme nere, lunghe e fragili.

È una bella sensazione, quella di essere soli al centro di qualcosa, quella di dividere questa cosa con qualcuno. Un senso di libertà e di lontananza, di onnipotenza quasi. E c'è un ricordo che arriva da lontano, quello che a cinque anni i miei genitori mi mandarono al campo estivo con le suore dell'asilo. Era il primo anno per me e l'idea di stare quindici giorni lontano da casa mi faceva paura. Si chiamava Piedimonte, il posto, ed è sugli Appennini, dopo Palazzuolo sul Senio, lungo la strada che va a Firenze.

C'era una vecchia casa isolata, di proprietà delle suore, enorme e piena di stanze. Una chiesetta vicina, e tutto il resto erano prati verdi e mucche che pascolavano. Agli altri bambini piaceva. Parlavano di bagni nel fiume e di gite nei boschi. Ma il momento piú bello della giornata era la sera, quando faceva buio e prima di andare a letto ci si riuniva tutti nella sala grande al pianterreno. Quello era il momento in cui il prete raccontava *la storia di paura*. Erano sempre racconti di fantasmi, di morti che ritornano e di mostri che di notte venivano a bussare ai vetri della casa per spaventare i bambini. E mi ricordo che noi stavamo tutti seduti in silenzio ad ascoltare, il respiro trattenuto e il cuore che batteva forte, lí nel buio illuminato dalle fiammelle delle candele, perché la corrente elettrica, lassú nella casa, non c'era. Ma la cosa che faceva piú paura di tutte era la Prova di Coraggio. Era una sorta di rito che i bambini piú grandi, *i vecchi*, facevano fare a quelli piú piccoli o ai nuovi arrivati, ogni anno, prima della fine del campo. Quell'anno toccò anche a me. Durante la notte, il capo veniva a svegliarti e tutti insieme, di solito cinque o sei bambini, si scappava e si andava alla Tana dei Licantropi. La Tana dei Licantropi era una piccola grotta, poco lontana da lí, lungo un sentiero in mezzo al bosco. Si chiamava cosí perché si diceva che lí abitasse un licantropo. La Prova di Coraggio consisteva nell'incamminarsi da soli lungo il sentiero ed entrare nella grotta. Io non l'ho mai saputo se il licantropo c'era oppure no, perché tutto quello che ricordo è che mentre ero a metà del sentiero abbiamo sentito uno strano rumore, probabilmente l'urlo di una civetta e ci siamo spaventati. Cosí siamo schizzati via da quel posto alla velocità della luce, sgomitando e urlando come pazzi. Alla fine quando abbiamo raggiunto la casa, esausti per la corsa, ci siamo buttati sul prato e siamo rimasti lí a lungo. Quando abbiamo ripreso fiato, ci siamo seduti tutti in circolo e abbiamo cominciato a inventarci storie terribili sul licantropo, che sicuramente c'era, che aveva sbranato un sacco di gente e che se quella sera non fossimo stati cosí svelti a scappare chissà cosa sarebbe successo.

Adesso, mentre sono qui insieme a Lele e a Becco, mi viene in mente quella notte mentre stavamo seduti sul prato a parlare. Il nostro bisbiglio, quel silenzio incredibile e la luna grossa nel cielo che schiariva le nostre sagome scure. E quella cosa strana che mi era venuta dentro e che non riuscivo a spiegarmi. Un senso di abbandono e di onnipotenza. Un'euforia incontrollata. Essere lí insieme ad altri bambini, di notte, senza gli adulti intorno, mi faceva sentire se non grande, di sicuro diverso e unico. E noi, quella notte, lo eravamo diversi e unici. Diversi dagli altri bambini che in quel momento dormivano, e unici rispetto a tutti, perché eravamo soli e stavamo sperimentando la cosa piú bella del mondo. Quella di essere liberi. Quello strano sentimento di unicità lo provo anche adesso. Forse per la situazione molto simile, o forse per questo cielo immenso, pieno di stelle e limpido. Forse per questo posto diverso, fatto di campagna nera a perdita d'occhio. O forse perché semplicemente è notte e la notte, si sa, dilata i pensieri e le percezioni.

– È bellissimo questo cielo, – dico all'improvviso.

– Già, – dice Becco. – Giuro che se me lo avessero detto non ci avrei mai creduto che sarei finito qui.

Lele si sdraia sul sacco a pelo, puntellandosi su un gomito. Alza il naso per aria e dice: – Non mi ci fate pensare... Se penso alla mia macchina...

– Questa notte dovevamo già essere a casa, – dico. – Vi rendete conto? Non siamo nemmeno a metà del viaggio.

Becco, che fino a quel momento era sdraiato, si solleva a sedere. – Voi non avete la sensazione di essere in viaggio da una vita? – dice guardando prima Lele e poi me. – Voglio dire, siamo partiti appena ieri mattina eppure sono successe cosí tante cose...

– È vero, – dice Lele. – È come se il tempo si fosse dilatato, insomma è come se noi percepissimo le cose in modo diverso, non so...

– *Wow*, che pensiero profondo! – dice Becco tirandogli una busta di patatine vuota. – Da te non me lo aspettavo...

– Davvero?

– Certo!

– Grazie!

– Ehi, questa è da segnare negli annali, – dico, – vi state facendo un sacco di complimenti, vi state rammollendo...

Mi sdraio sul sacco a pelo e incrocio le mani dietro la testa. Per un attimo rimaniamo in silenzio.

– Ehi, Becco, – dice Lele dopo un po'. – Se non torniamo in tempo come fai con i tuoi corsi di pittura e scrittura?

– Non mi ci far pensare. È la stessa cosa che mi ha chiesto mia madre al telefono –. Sento che si muove, Becco. E dal timbro di voce piú basso intuisco che anche lui si è sdraiato. – Ha cominciato a dirmi un sacco di robacce e alla fine mi ha ordinato di tornare immediatamente a casa.

– Non le avrai detto...

– Certo che no! Le ho semplicemente detto che avevamo cambiato programma.

– E lei?

– Si è arrabbiata.

– E tu?

– Le ho piantato giú il telefono.

– Davvero? – dice Lele.

– Sí. La mia non è certo come tua madre, Ale. La mia rompe, non come la tua. Sei fortunato.

Non rispondo. Mi sento i loro sguardi addosso e per un attimo vorrei che non ci fossimo mai finiti su questo discorso. Fisso le stelle. Anzi le guardo senza vederle. Quello che sento è di nuovo quello strano vuoto.

– Non è come pensi –. Mi è uscita cosí, la frase, d'istinto. Spero che non l'abbiano sentita, invece mi accorgo che mi rimbomba nelle orecchie. È un'eco nitida, amplificata, come tutte le cose che dici di notte e al buio.

– Perché?

– Perché sí.

– Che razza di risposta è *perché sí*? Spiega.

Non lo so come succede, ma avviene all'improvviso, senza

che tu te ne accorga. Succede che a volte ti ritrovi a parlare di cose di cui non hai mai parlato con nessuno. Forse perché a volte è piú facile. E nonostante la paura e quella punta di dolore, che è come un livido minuscolo ma profondo, a volte le parole escono cosí, senza che tu riesca a controllarle. Scivolano fuori, veloci, e non riesci piú a fermarle.

– Non è come pensi, – dico. – Non è bello quando tua madre non ti dice niente, come se tutto quello che fai non la riguardasse. E non perché se ne frega di te o perché è arrabbiata. Ma semplicemente perché *non ce la fa*, perché tutto quello che le gira attorno è diventato qualcos'altro. Un mondo che non le appartiene piú, una realtà con la quale non riesce piú a interagire. E anch'io faccio parte di questo mondo. Ed è difficile sapere di essere in quella parte di mondo in cui chi ti vuole bene non riesce piú a entrare. E questa chiusura diventa come un circolo vizioso: la sua lontananza finisce per allontanare anche me.

Adesso che le parole sono uscite mi accorgo che il silenzio, attorno, nonostante i grilli e il crepitare della legna, si è fatto piú pesante. Rimango immobile nella mia posizione sdraiata senza avere il coraggio di girarmi per guardare Becco e Lele. Nemmeno loro si muovono. Siamo come trattenuti, sospesi esattamente al centro, tra il canto dei grilli e il rumore del fuoco. E anche le cose attorno sono sospese, come se l'erba, gli alberi e l'aria stessero anche loro trattenendo il respiro. Bloccate, e in attesa di un qualsiasi movimento che rimetta in moto tutto.

Prima di scivolare addormentati, nel momento esatto in cui il silenzio della notte ti penetra cosí dentro che parlare significa bisbigliare, Lele ha chiamato Becco.

– Sí?

– Senti... volevo dirti che mi dispiace per oggi, per quella cosa che ho detto su quel vecchio... Insomma non è che lo pensassi...

– Lo so.
– Davvero?
– Davvero. Lele?
– Sí?
– Senti... Nemmeno io lo pensavo. Quelle cose sugli stupidi... Be', insomma... non erano riferite a te.
– Davvero?
– Davvero.
– Becco?
– Sí?
– Niente... Buona notte allora...
– Okay... Buona notte, Lele.
– Ale?
– Sí?
– Buona notte...
– Notte...

CAPITOLO DICIOTTESIMO

Il giorno dopo, a svegliarci, è la voce di Lele che grida *oh, mio Dio!* Io e Becco schizziamo letteralmente in aria.

– Che c'è?

Lele è seduto con le gambe incrociate sopra il suo sacco a pelo e, con un'espressione orripilata, si sta guardando la faccia in uno di quegli specchietti che tengono le donne nella borsa.

– Sono un mostro! Guardate qua che faccia! E i capelli? Non posso andare in giro cosí!

– Ma cosa sei, scemo? – dice Becco.

– Sembro un pezzente!

– Sei un pezzente a svegliarci cosí!

– Devo assolutamente farmi un bagno, e poi...

Becco si copre il volto con le mani. – Non ci credo, non è possibile, non ci credo...

– Ma vi rendete conto? Solo chi mi vede!

– Oddio, ecco che ricomincia con le sue menate da fighetto...

– Fighetto un cappero! Guarda qua che barba!

– Non è possibile, non è possibile...

– Ma quale barba? – dico.

– Questa!

– Quella non è barba. Sono quattro peli...

– Quattro peli o non quattro peli voglio farmi un bagno! E subito!

– Be' allora suona il campanello e chiama il maggiordomo! Buona notte!

– Buona notte un corno! Io voglio lavarmi!

– Non è possibile, non è possibile...

Non è possibile ma quella era la realtà. L'unico modo per calmare la crisi isterica di Lele era assecondarlo. Cosí, mentre Becco continuava a ripetere *non è possibile questo è deficiente*, ci siamo alzati, abbiamo infilato il necessario nei nostri zaini e ci siamo incamminati verso il paese.

Il paese, forse perché è domenica mattina e c'è appena stata la messa, è piú popolato del giorno prima. Mentre attraversiamo la piazza, e Lele tenta di coprirsi il volto perché c'è una ragazza che ci guarda e lui si vergogna, ci accorgiamo che non è solo lei a guardarci. Ho l'impressione che i vecchi del paese, ma non solo, smettano addirittura di parlare. D'impulso ci stringiamo l'uno contro l'altro. Quasi ci prendiamo sotto braccio.

– Se ci guardano tutti, – dico a bassa voce, – forse Lele ha ragione e abbiamo un aspetto terribile...

– Non è l'aspetto. È che siamo stranieri. E in un paese le facce straniere si riconoscono lontano un miglio, – dice Becco.

– Ma quali stranieri, non siamo mica in Lapponia!

– Magari se sorridiamo...

– Ma fammi il piacere!

– Ale, mi sta ancora guardando quella ragazza?

– No.

– Oddio, allora sono proprio un mostro...

– Ma piantala, una buona volta!

Non appena oltrepassiamo la soglia del bar il barista ci accoglie con un sorriso aperto e un *ehi ragazzi come va*, che ci mette di buonumore.

– Vi vedo un po' stravolti, che è successo?

– Oddio, anche lui se n'è accorto!

– Insomma ci dai un taglio! – dico strattonando Lele per un braccio. – Senta, – aggiungo subito dopo, – non è che ci fa usare il bagno, prima che a questo qua gli venga un'altra crisi isterica?

Il barista ci guarda un po' perplesso.

– È un ragazzo ricco, – dice Becco avvicinandosi al bancone. – E sa come sono i ricchi... ci tengono alla presenza.

– Oh! Certo, certo, come no... prego, prego, fate pure. Intanto cosa vi preparo? Un cappuccino? Un caffettino? Un teino?

Nonostante le fisse di Lele dobbiamo ammettere che, lavati, sbarbati e rinfrescati, stiamo molto meglio. Ringraziamo il barista per averci concesso l'uso del bagno del bar. Tempo totale: un'ora e mezza, cioè un'ora per Lele e mezz'ora tra me e Becco. Scambiamo con lui alcune chiacchiere mentre seduti al tavolino facciamo colazione e dopo che Lele ci ha fatto una testa cosí col fatto che *in quel lavandino minuscolo mi sono dovuto lavare a pezzi, un piede poi l'altro poi il busto la faccia le parti intime* eccetera eccetera. Insomma, uno strazio infinito.

Rilassati e rimpinzati, nel caldo di mezzogiorno che entra dalla porta aperta insieme a un quadrato di luce gialla stampato per terra, ci lasciamo cullare dalla voce del barista e dal silenzio insonnolito tipico dell'ora di pranzo. Il bar è deserto. Mi guardo attorno, le pareti giallastre ricoperte di gagliardetti di una squadra di calcio sconosciuta, foto di vecchie pubblicità della *Coca Cola* scolorite dal tempo e altre cose che tutte insieme sembrano davvero la scenografia di un vecchio film degli anni Sessanta. Una vecchia macchina del caffè, le cannucce di plastica colorata della tenda raccolta a lato della porta e l'immenso specchio con su scritto *Campari* nella parete di fondo. Come se il tempo si fosse fermato.

Per la prima volta, in modo nitido e chiaro, come un lampo secco ma non troppo veloce, penso che mi piace stare qui, fra questa gente che ci guarda strano, in questo bar e in questo paese, dove il tempo è rallentato e anche il sole sembra piú caldo. Un'altra dimensione, diversa e lontana. Il luogo ideale in cui andare a rifugiarsi. Diverso e lontano. Specialmente lontano.

A volte ho sognato di fuggire. Come fanno tutti. Di partire una mattina all'alba e di lasciare le cose. Andare e non tornare piú. Fuggire, appunto. La vita normale, la casa, la scuola e mia madre. O forse, semplicemente, quel silenzio profondo dentro.

È quasi l'una quando lo vediamo entrare. Becco, che sta parlando, si zittisce.

Cammina lentamente, appoggiato al suo bastone, un piccolo passo dopo l'altro, quasi strisciando i piedi. Solleva la sua mano ossuta verso il barista, in segno di saluto. Un arco lento e fragile. Ci passa di fianco e mentre ci supera piega leggermente la testa e sorride. Ma guarda Becco.

Si siede sulla stessa sedia del giorno prima. Allo stesso modo. La schiena dritta e il bastone ben piantato a terra. Come se fosse in attesa.

– Andiamocene, – dice Lele alzandosi.

Becco sembra agitato. O imbarazzato. O confuso. Non fa nemmeno caso a quello che ha detto Lele.

– Dài, Ale, andiamocene.

– Okay. Forza Becco, alzati.

– Non ho detto Becco, ho detto Ale.

E solo allora capisco. Dal suo sguardo e dal cenno della testa.

– Lele, perché ce ne siamo andati?

– Era il minimo dopo la stupidaggine che ho detto ieri.

– Ma credi che parleranno?

– Sí, credo di sí.

Fa venire voglia di stendersi sotto un albero e addormentarsi, questa luce calda e gialla. Il sole ci batte sulla schiena, mentre ci allontaniamo dal paese. Camminiamo come se stessimo andando a passeggio, io e Lele. Mani in tasca, andatura lenta e, a giudicare dal nostro silenzio, un sacco di pensieri nella testa.

– Senti... – dice Lele ad un certo punto. Ha lo sguardo fisso a terra e tira piccoli calci a un sassolino. – Ci ho pensato molto, – dice, – e ho capito perché vuoi andare da lei a Gallipoli.

Il cuore mi fa un piccolo balzo nel petto mentre dico: – Cosa?

– Insomma, perché ti ostini tanto con lei. È per quello che hai detto ieri sera, vero? È per tua madre...

Mi lancia uno sguardo veloce, Lele. Troppo veloce perché non voglia dire niente.

– No, non è come...

– Saresti di nuovo solo, vero?

Questa volta si ferma, Lele. E mi guarda dritto negli occhi. Due fessure strette e scure.

– Io non voglio lei perché mi sento solo.

– Sei sicuro? – dice riprendendo a camminare. – Io credo di sí. Non la vuoi perdere perché senza di lei ti senti solo.

Lo guardo allontanarsi, gli occhi puntati sulla sua nuca. Penso che invece abbia capito tutto, Lele.

– Ci sono rimasto male, ieri sera, – dice fermandosi di nuovo. Si gira e mi guarda. C'è una punta di tristezza, adesso, nel suo sguardo. E anche nella forma delle sue labbra, che si piegano, amare, in un sorriso. – Voglio dire, non siamo poi tanto diversi, noi due.

– Riguardo a cosa?

– Alla solitudine, – dice Lele scrollando le spalle.

Per un attimo quella breve distanza che ci separa, pochi passi appena, diventa nulla all'improvviso. Un filo di elastico tirato, che se ne lasci un lembo torna indietro, secco e veloce, sulle dita. Ma non è una distanza solo fisica quell'elastico.

– Perché?

– Mmh, cosí...

Adesso, tutto sta andando piú veloce. Troppo veloce. I pensieri e le parole si rincorrono fuori e dentro, e quando dico quella cosa non so nemmeno perché la dico e perché mi è venuta in mente. So solo che è vera.

– È per questo che non hai telefonato a casa?

– Forse.

– Credevo andassi d'accordo con tuo padre.

– È con mia mamma che non vado d'accordo. È cosí fredda, a volte.

– Allora è vero che si stanno separando?

Lele si limita a fissarmi senza dire niente. C'è di nuovo tutto e niente in quello sguardo. Socchiude le labbra per dire qualcosa ma si blocca. Poi, mi gira le spalle e riprende a camminare. Un po' curvo e a passi lenti.

Lo seguo a una certa distanza. Tutto, di nuovo, si addensa. La campagna, il caldo, il profumo degli alberi e i rumori. Anche i pensieri. Fisso il centro della sua schiena, tra le scapole, nel punto in cui la maglietta si tende. Ogni tanto devo socchiudere gli occhi per via della luce.

Lo seguo anche quando imbocca un sentiero che devia dalla strada principale. È tra gli alberi, e il sole che filtra attraverso i rami e le foglie si concentra in fasci di luce che si incrociano, netti, come lame.

Il rumore ci arriva all'improvviso. È il suono a volte metallico a volte simile a un fruscio che fa l'acqua quando scorre. È un fiume, un piccolo torrente di acqua bassa e trasparente. Un serpente liquido e sinuoso che scivola lentamente sui sassi bianchi e levigati, rotondi. Probabilmente d'inverno si ingrossa, perché dove siamo noi adesso, sulla riva, anche qui ci sono gli stessi sassi levigati e rotondi, anche se piú scuri perché asciutti.

Io e Lele ci sediamo sotto la chioma di un grosso albero. Stiamo cosí in silenzio per un po'. Lele getta dentro l'acqua i sassi piú piccoli, uno a uno, scegliendo quelli piú piatti e leggeri. Stringe il gomito al busto e piega il polso in modo da imprimere al sasso una traiettoria particolare. A volte riesce a farli rimbalzare sul pelo dell'acqua un paio di volte.

– È bello qui, – dice Lele sorridendo appena. – Non credevo che la natura potesse piacermi. È praticamente la prima volta.

– Davvero?

– Sí. Insomma, d'inverno vado in montagna, però ci vado solo per sciare. Non ho mai visto niente di piú che campi da sci.

Guardo il sasso che ha lanciato in acqua. Un *blup* rotondo e sordo.

– Invece da piccolo mio padre mi portava sempre a pescare. Il sabato pomeriggio. Una volta gli hanno anche fatto una multa perché non si poteva.

– E ti piaceva?

– Sí, era divertente...

Altro silenzio. Altri sassi e uno sguardo di Lele. Le sopracciglia arcuate verso il basso, forse tristezza. O malinconia.

L'ultimo sasso che tira rimbalza tre volte e poi scompare inghiottito nell'acqua. Ci sdraiamo a terra quasi contemporaneamente. Le dita intrecciate dietro la nuca e le ginocchia piegate. Il rumore dell'acqua è un gorgoglio ovattato.

– Ale?

– Sí?

– Perché si decide di voler bene a una persona?

– Non si decide. Succede, succede e basta.

– Io credo di averlo deciso. Un giorno ho deciso di volere bene a mio padre e di non volerne a mia madre.

Giro la testa e lo guardo. Ha gli occhi chiusi, Lele. E nonostante il tono che ha usato, la sua espressione è seria.

– Devo averlo deciso per forza, perché non credo che loro abbiano mai fatto molto per dimostrarmi il loro bene. Un padre notaio e una madre avvocato non hanno molto tempo per i figli. Insomma, la maggior parte della loro vita la passano in ufficio e a quelle stupide cene tra colleghi. Da che mi ricordo mia madre ha sempre avuto il nervoso per qualcosa, un cliente, i ragazzi che andavano da lei a fare tirocinio eccetera. Non aveva mai tempo per ascoltarmi. Invece mio padre a volte mi portava al cinema, alle giostre, e adesso che sono cresciuto è l'unico con il quale parlo. Niente di particolare ma almeno mi sta a sentire.

Parla lentamente, Lele, senza particolare trasporto, con distacco. Il suo è solo un resoconto di fatti.

– Forse è perché mi portava al cinema da piccolo e rideva alle mie battute il motivo per cui ho deciso che gli volevo bene. O forse perché con me non si è mai arrabbiato piú di tanto, non so.

– Lele?

– Sí?

– A me sembra molto triste...

– Anche a me. Però è la verità. Ed è la verità anche il fatto che mi pagano tutto quello che voglio perché cosí è piú facile.

– Lele...

– Tutto quello che non possono darti te lo comprano. È cosí che funziona.

– Lele... È vero che si stanno separando?

– Sí.

Per un attimo tutto diventa rumore di acqua e fruscio di foglie.

Mentre guardo Lele mi chiedo quanto gli sia costato ammettere questa cosa.

– Se non vanno d'accordo è giusto che...

– Questo lo so però...

– Puoi sempre scegliere di andare a vivere con tuo padre.

– Sí, è quello che farò. L'idea di stare solo con mia madre mi fa rabbrividire.

– E allora, qual è il problema?

Piega la testa verso di me e mi guarda. Non so cos'è quello che vedo. Forse incertezza e confusione.

– Forse perché i genitori li si vede sempre come entità astratte. Non sono persone, non sono individui, non sono due cose separate, sono genitori. È una cosa che hai dentro, ti ci abituano quando nasci, è un punto fermo. E per quanto sia non vorresti mai vederlo crollare, questo punto fermo. È difficile separare una cosa che dentro di te è intera.

Ci sono altre domande che vorrei fare, altre cose che vorrei sapere. Invece tutto quello che faccio è annuire alle parole di Lele.

Penso alla sua solitudine e che è vero che non siamo poi tanto diversi, io e lui. E forse anche Becco, che cerca nelle parole e nei libri quello che non trova fuori. È questo il filo che ci lega? È questo il motivo per cui siamo amici?

Stanno succedendo strane cose durante questo viaggio.

CAPITOLO DICIANNOVESIMO

La prima cosa che io e Lele notiamo è l'andatura di Becco. Sono le nove e mezza di sera quando lo vediamo girare l'angolo ed entrare nell'aia.

Cammina a testa bassa, lentamente, le mani sprofondate nelle tasche dei jeans e il ciuffo di capelli che gli ondeggia sulla fronte. Dapprima è solo una sagoma nera che fa strisciare i tacchi delle scarpe nella polvere, poi mano a mano che si avvicina, il fuoco che io e Lele abbiamo fatto lo rischiara. Una luce tremolante che crea chiazze d'ombra in movimento sulla sua camicia e sul suo volto. È la forma delle labbra e la piega delle sopracciglia a tradire il suo stato d'animo. Non è triste, Becco, non solo. È affranto e stanco. Una stanchezza che nasce da dentro, però.

Appena lo abbiamo visto sbucare, ho alzato il braccio e stavo per chiamarlo, ma Lele mi ha appoggiato la mano sulla spalla e ha detto *ma cos'ha?*

È in quel momento che ce ne siamo accorti. Cosí ho abbassato il braccio e abbiamo aspettato che si avvicinasse.

Adesso è seduto sopra il suo sacco a pelo, di fronte al fuoco. Le gambe piegate e le mani intrecciate attorno alle ginocchia. Fissa le fiamme e le fiamme si muovono e ondeggiano dentro i suoi occhi, che brillano, lucidi. Troppo lucidi, e quando abbassa le palpebre, lentamente, due lacrime sottili gli rotolano giú veloci. Sono come un segnale, quelle lacrime, il punto conclusivo di un'attesa, l'attimo in cui io e Lele scattiamo in ginocchio, preoccupati.

– Lasciatemi stare. Non è successo niente, – dice Becco. Nessun gesto, nessun cambiamento di espressione, nessun movimento, solo quelle parole, incerte e ferme allo stesso tempo.

– Cos'è successo? – chiede Lele. Non ci muoviamo, io e Lele. Sono quelle lacrime che ci bloccano. Fa sempre un certo effetto vedere qualcuno piangere, una cosa a metà tra l'imbarazzo e lo stupore. È una cosa che, benché naturale, non ti aspetti mai di vedere.

Becco si asciuga le lacrime con il dorso della mano, un unico gesto preciso. Poi alza gli occhi su di noi. Ci guarda a lungo prima di parlare. Uno sguardo denso che ci tiene sospesi, in equilibrio, e in attesa.

– Lo sapete che ha conosciuto Cesare Pavese? No, non è questo che mi fa piangere, non sono cosí suonato...

– Cosa è successo, Becco? – chiede Lele di nuovo.

Becco scuote la testa e sorride, un sorriso forzato, amaro. – L'ha incontrato nel '36, in un caffè a Torino. Dice che se ne stava ore seduto al tavolo, da solo. Un giorno si sono messi a chiacchierare. Sembrava un uomo che avesse vissuto cent'anni, dice. Gli ha raccontato che era stato via per molto tempo, confinato in Calabria per le sue idee politiche, e adesso che era tornato aveva scoperto che la donna che amava si era sposata. *O forse la amo perché l'ho perduta?*

Io e Lele ci lanciamo uno sguardo veloce. Gli occhi di Becco stanno di nuovo fissando il fuoco. Il tono delle sue parole è lento e basso, una cantilena.

– All'inizio aveva pensato che fosse ubriaco, non sapeva chi fosse. Eppure dice che il tormento che quell'uomo aveva scritto in faccia era smisurato, che non doveva essere un tormento solo d'amore, il suo. S'incontrarono anche il giorno dopo. È stato allora che gli ha detto di essere un poeta, uno scrittore. O meglio, credeva di esserlo. Diceva *cosa resta della realtà quando l'hai messa in poesia? Cosa rimane là fuori e dentro di noi? Forse se non riesco piú a produrre scoperte da usare in poesia mi sono sbagliato e non sono un poeta...*

Sorride, Becco, e ci guarda. – Vi rendete conto? Ha conosciuto Cesare Pavese, ci ha parlato, per giorni si sono incontrati in quel bar e hanno parlato... Dice che era ossessionato. Dalla poesia, da quella donna e dal suicidio. Diceva che ci pensava spesso, *in realtà teorizzo*, diceva. *Se non so vivere non so nemmeno morire, o no?* Era come se tutta la sua vita fosse saltata in aria, dice, e lui stesse raccogliendo i pezzi per farne un bilancio. Però a volte, dice che quando parlava della poesia, di quel mestiere di poeta non faceva che ripetere quella cosa. Diceva: *le parole bisogna amarle per capirle...* Sapere incominciare daccapo ogni volta, come ogni mattina si comincia una giornata, amare le parole e crederci come si ama e si crede nella materia poetica nel momento in cui si plasma. Dice che era bellissimo stare ad ascoltarlo...

Ogni tanto la voce di Becco si incrina e si abbassa di tono. Adesso, mentre ci guarda, i suoi occhi diventano di nuovo lucidi, due macchie dilatate e liquide.

– Non mi guardate cosí, non mi sono rincoglionito. Lo sapevo che quel vecchio aveva un sacco di cose da raccontare, ha conosciuto un sacco di gente, Gadda, Anceschi, Montale nel quarantotto, e anche Thomas Mann, in Germania, dopo la guerra... Oddio, sembra incredibile, quel vecchio ha vissuto gli anni di maggiore fermento, ci è passato attraverso e ha assorbito tutto, e oggi mentre lo ascoltavo... parlava delle cose che ha letto...

S'interrompe di nuovo. Rimane in silenzio a lungo. Non so cosa stia succedendo. Per quanto io e Lele ci sforziamo, lo so, lo sento da come lo guarda, dall'attenzione con cui lo fissa, per quanto ci sforziamo non riusciamo a capire. È stato un lungo sfogo, quello di Becco, una sequenza caotica di parole che ci ha investito per poi spegnersi, esaurirsi, in un soffio.

Becco piange ancora, in silenzio, e mano a mano che le lacrime gli rotolano giú, lungo le guance, se le asciuga col dorso della mano, a un ritmo regolare ed esasperante. Io e Lele non abbiamo il coraggio di dire niente.

Poi, all'improvviso ma lentamente tutto sembra scivolare, un cambiamento da qualche parte, un'esplosione lontana che modifica tutto, un rovesciamento o una ferita che si strappa.

– Ero esaltato da quei racconti, – dice, – tutto quello che ho sempre cercato, tutto quello in cui ho sempre creduto era lí, nelle parole di quel vecchio, le stesse sensazioni, la stessa tensione, lo stesso... amore per la letteratura... alla fine è stato un tormento, come se qualcosa dentro mi spremesse, mi stritolasse. Ieri, quando ho piantato giú il telefono a mia madre, non...

– Becco... – lo interrompe Lele.

– ... non sono riuscito a parlare con mia sorella, cosí questa sera le ho telefonato, anche lei aspettava che la chiamassi...

– Becco...

– ... non mi sono rincoglionito, Lele! È che quando lei mi ha detto che era arrivata una lettera...

– Becco, ma di cosa stai parlando...

Stringo il braccio a Lele per fermarlo, d'impulso.

– Ale, me l'hanno rifiutato anche questa volta, il mio romanzo, me l'hanno rifiutato...

– Ma si può sapere di che cosa state parlando?

Poche parole, ed è facile raccontare a Lele del romanzo di Becco. È facile dire e registrare l'espressione di Lele, è facile capire. Quello che è difficile è assimilare fino in fondo. Interpretare i segnali che fino a quel momento Becco ha inviato. I suoi appunti, quella grafia minuscola e stretta, la sua ossessione per i libri, è difficile. È come decifrare dei simboli e metterli nella giusta posizione, dargli il giusto valore, restituirgli l'esatta sostanza. La vita di Becco ruota attorno ai libri e alle parole a una velocità supersonica, un vortice violento e crudo che lo stringe sempre di piú. Quell'immagine che ho sempre avuto di lui curvo su un foglio intento a scrivere, a raccogliere impressioni, a registrare emozioni, quell'immagine di lui anche a scuola, il suo impegno nello studio, la passione al limite del morboso per la poesia e la parola scritta, quell'immagine, adesso si precisa dentro di me e quello che vedo in Becco quando parla di letteratura e scrive e legge è una lotta estenuante contro se stesso. Perché lui quelle cose le ha dentro, un magma che ribolle e che brucia. Si precisa quell'immagine, adesso, e capisco che quello che Becco cerca nelle parole e nei libri è solo se stesso.

Becco ha smesso di piangere. Si è calmato, anche la tensione sembra essersi attenuata. Ma nonostante tutto, quello che rimane, e che io e Lele cogliamo, è qualcosa che va oltre un comprensibile senso di tristezza.

– Non sapevo avessi scritto un romanzo, – dice Lele. C'è sorpresa nella sua voce.

– Adesso lo sai anche tu, – dice Becco.

– Quello che non capisco, però... è perché piangi –. Lele è in ginocchio. Stringe un rametto tra le dita e lo immerge tra le fiamme, lentamente. Una piccola spada che entra ed esce da un corpo immateriale. Quando dice questa cosa alza gli occhi e guarda Becco da sopra il fuoco.

– Voglio dire, ci saranno un sacco di altre occasioni, hai tempo. Insomma, hai solo diciotto anni, non devi dimostrare niente, non puoi buttarti giú cosí alla prima sconfitta...

– Lele, è tutta la mia vita... È l'unica cosa di cui m'importa, fin da bambino l'unica cosa che ho sentito in forma chiara, l'unica cosa che ho sempre sentito dentro è solo questa: la letteratura. Lo so che forse è ridicolo... Oggi è come se mi fosse crollato il mondo addosso, forse mi sono sbagliato, forse ho sbagliato tutto...

– Ognuno combatte contro qualcosa, Becco. Le delusioni e i dolori li hanno tutti. Le sconfitte ci sono per tutti, Becco. Però tu hai qualcosa per cui vale la pena battersi, no? Qualcosa di grande. Io non la capisco questa cosa fino in fondo, però se è dentro di te fin da quando eri piccolo, vuol dire che è davvero qualcosa di grande.

Gli tremano le labbra a Lele. È imbarazzato, e forse sorpreso che quelle parole stiano uscendo proprio dalla sua bocca. Sta fissando il fuoco, adesso. Io e Becco lo stiamo ascoltando con attenzione e lui se ne rende conto perché piega le labbra in uno strano sorriso.

– Non so se si dica cosí, però non ho mai visto in nessuno una tale dedizione, nemmeno nei prof a scuola. Prima, quando parlavi di Pavese l'hai fatto in un modo... era come averlo di fronte, riuscivo ad immaginarmelo, qualcosa di vivo... È stato bello ascoltarti, perché tu ci credi, si sente. Non come a scuola che i prof parlano parlano, senza trasporto e senza niente... E poi, il fatto che ci tormenti continuamente con le tue poesie, vorrà pur dire qualcosa?

Becco, piega la testa di scatto e sorride. – Oddio, non sarò mai un grande scrittore...

– Becco, non smettere di provarci, e se non dovessi riuscire almeno ci hai provato. E comunque vada nessuno te la può togliere quella cosa...

Stanno succedendo strane cose, in questo viaggio. Lele che consola Becco, Lele che parla di cose grandi e che dice *scusa, non avrei mai creduto che tutto questo fosse cosí importante per te.*

Prima di addormentarci, come la sera prima è di nuovo Lele a chiamare Becco.

– Becco?

– Sí?

– Ti volevo dire... Pensa a Gadda. Il suo primo romanzo non l'ha pubblicato a trentotto anni?

– Sí.

– Visto?

– Lele?
– Sí?
– Senza offesa, ma tu come lo sai?
– Mmh... niente... È stato Ale a dirmelo.

Ma non era vero. Io, questo, non glielo avevo mai detto.

CAPITOLO VENTESIMO

La mattina dopo, di Lele non c'è alcuna traccia. C'è l'impronta del suo corpo sul sacco a pelo, c'è il suo zaino, c'è la polo del giorno prima tutta arrotolata sopra lo zaino chiuso e c'è un biglietto con su scritto *ci vediamo piú tardi. Ciao.*

– Dove cavolo sarà? – dico.

– Non lo so...

– E se fosse un altro dei suoi colpi di testa? Metti che sia scappato...

– Impossibile, – dice Becco. – C'è il suo zaino... Uno come Lele non si muove senza mezzo armadio dietro.

– E allora dov'è?

– Boh. Forse è in paese, forse dal meccanico, che ne so.

– Già, è vero, – dico. – Oggi ci accomoda la macchina...

C'è una strana atmosfera, questa mattina. Un senso di imminenza e conclusione che mi preme addosso, una sensazione di fastidio che mi sommerge e mi fa stare in silenzio.

– Che hai?

Siamo al bar e Becco mi parla da sopra la tazza fumante del cappuccino, senza guardarmi e con un tono piatto, assente. Anche lui sembra precipitato in una dimensione lontana.

– Non ho voglia di partire, – dico di getto.

Becco appoggia la tazza sul piattino e mi guarda. Adesso il suo sguardo è quello di sempre, concentrato e fermo come se volesse passarmi attraverso.

– Il fatto è che ho paura di incontrarla. Non so nemmeno cosa dirle, non so nemmeno perché sto andando da lei...

Abbasso gli occhi sulla mia mano stretta attorno alla tazza. L'indice infilato dentro il ricciolo del manico.

– Ho il presentimento che tra me e lei non cambierà nulla, ne sono quasi convinto... È il mio ultimo tentativo e ho paura. A volte penso che sia stato un errore andare da lei, voglio dire, l'incertezza è sempre meglio di una delusione...

– Lo so, – dice Becco. – Credo di capirti. Sai, – dice dopo un po', – Lele ha ragione. Ognuno di noi combatte contro qualcosa e a volte ti viene voglia di scappare. È come se non valesse la pena.

Abbassa lo sguardo e sorride, incerto. Si passa una mano sugli occhi e se li stropiccia lentamente.

– Io non ho voglia di tornare, invece. Non ho voglia di tornare a casa, non ho voglia di fare le stesse cose, non ho voglia di niente.

– Come stai?

– Svuotato. Poi penso a quello che mi ha detto Lele ieri sera... Non me l'aspettavo da lui... Probabilmente mi passerà, mi ci vorrà un po' di tempo per riprendermi dalla delusione, ma credo che mi passerà...

– Sí, lo credo anch'io.

– Ale, fai bene a provarci. Con lei, intendo. Almeno cosí non ti rimane il dubbio. L'incertezza non è affatto meglio di una delusione. Macerarsi nel dubbio non mi sembra una gran cosa... E poi com'è che dice Lele? *Il mondo è pieno di donne...*

– Già, – sorrido. – Su questo ha perfettamente ragione.

Anche Lele è strano oggi. Lo incontriamo dal meccanico mentre passiamo per tornare all'aia. È quasi mezzogiorno. Il portone dell'officina è spalancato e lui è lí, accanto alla macchina, immobile e con le braccia incrociate. Dice qualcosa al meccanico che sta lavorando piegato dentro al cofano dell'auto, inghiottito per metà da quella enorme bocca di metallo. Non appena ci nota solleva un braccio per chiamarci e ci viene incontro.

– Allora? – dico.

– Ho accompagnato il meccanico a Villafranca per comprare il pezzo. Credo che ci farà un favore, ci lavorerà tutto il pomeriggio e anche stasera. Dice che cosí, se vogliamo, possiamo ripartire anche stanotte.

– Oh... perfetto... – dico.

– Sí... – sorride. – Perfetto...

È strano, Lele. Sorride ancora, ma è come se quel sorriso fosse solo un gesto, il piú facile, per mascherare qualcosa. Abbassa lo sguardo e dice *okay, io starò un po' qui.* Poi, infila le mani in tasca, ci volta le spalle e torna dentro l'officina.

Nessuno ha voglia di andare via, penso. Essere in questo posto, lontano da tutto il resto, ci ha fatto sentire padroni di qualcosa, di noi stessi e delle nostre vite. Nessuno ha voglia di andare via, di ricominciare. La stessa cosa di quella notte in quel giardino a San Marino, la stessa sensazione. Un mondo che gira piú lentamente, un mondo il cui ritmo si accorda col nostro. Forse abbiamo solo paura. Forse da quando siamo partiti non abbiamo smesso un istante di scappare. Forse quello che stiamo cercando è l'esatta misura di noi stessi. Ma capire, capire quello che vogliamo, è difficile. Capire ciò che siamo, è difficile.

Lo guardiamo allontanarsi, Lele. Becco socchiude gli occhi, pensoso, e dice *è successo qualcosa.*

– Sí...

Dentro l'officina Lele ha ricominciato a parlare col meccanico. Muove una mano per accompagnare le sue parole, piccoli gesti fluidi e lenti. Quello che dice non riusciamo a sentirlo, mozziconi di frasi, la fine di qualche parola e niente altro. Probabilmente fa domande, perché ogni tanto annuisce. Si passa una mano sulla fronte, per il caldo. E poi di nuovo, parla, gesticola e annuisce. I suoi occhi però, la traiettoria del suo sguardo, è in quello che c'è qualcosa di stonato. Uno sguardo assente e disinteressato.

Per la prima volta dall'inizio del viaggio, ci dividiamo. Becco torna al bar nella speranza di incontrare il vecchio Aristide, Lele rimane tutto il pomeriggio nell'officina, io torno all'aia.

È solo un bisogno di restare da soli. Solo una necessità come a volte succede. Una parentesi, un ritaglio di spazio che non richiede spiegazioni.

Vorrei scriverle una lettera, adesso. Scrivere e dirle tutto quello che mi passa per la testa. Ricordare cose e raccontarle di questo viaggio assurdo, dalle mille sfumature. Chiederle se mi ama ancora, o se non mi ama piú chiederle perché ha smesso di amarmi. Sono solo frammenti di pensiero, sensazioni dai toni pallidi che vanno da una parte all'altra, tra le pareti della testa.

L'intenzione di scriverle è forte e spinge le mie gambe a camminare piú velocemente lungo la strada che porta all'aia. Quando arrivo strappo un foglio dalla mia agenda e mi siedo sotto un albero, le gambe raccolte e l'agenda in equilibrio sulle ginocchia. Vorrei scriverle, un ultimo tentativo di sentirla piú vicina, l'illusione di sentirmela accanto e di dire quello che vorrei ad alta voce. Ma le cose che mi girano nella testa sono troppe, e piú mi concentro per strapparne qualcuna dal fondo, piú queste si diradano. Come una coltre di fumo che si spezza quando ci passi una mano attraverso.

Raccontarle, dirle di me, parlarle. Il perché di questo viaggio, per esempio. Ma le parole si confondono, affogano nei pensieri e la mia mano rimane bloccata, sospesa sul foglio.

Forse perché lei non c'entra piú con questo viaggio. Forse perché questo viaggio è diventato un'altra cosa, una cosa mia, di Lele e di Becco. Una cosa diversa che non la riguarda piú.

CAPITOLO VENTUNESIMO

Lele è arrivato verso le otto mentre io e Becco stavamo raccogliendo le nostre cose. Abbiamo sentito il rumore dell'auto da lontano e quando Lele è entrato nell'aia e ha parcheggiato, io e Becco ci siamo guardati negli occhi.

Il cielo intanto, da azzurro era diventato viola. Una luna quasi piena, pallida e trasparente e l'ombra leggera delle prime stelle. In basso, lungo la linea dell'orizzonte il tramonto era una striscia tinta di rosso, una macchia sottile di acqua colorata.

Lele non ci guarda. Sposta gli occhi di qua e di là mentre dice *ho portato qualcosa, possiamo mangiare e partire dopo...*

– Certo... – dice Becco.

– Come volete... – dico io.

– E il fuoco? Fra un po' farà buio...

– Forse non ha senso riaccenderlo...

– Sí, ma fra un po' farà buio...

Non è come le altre volte, questa sera. Mangiamo quasi in silenzio, lanciandoci qualche battuta cosí, giusto per dire qualcosa. Gli sguardi sono occhiate veloci tra una parola e l'altra, sguardi che a volte si intrecciano per poi sganciarsi di nuovo altrettanto rapidamente. È come se aspettassimo qualcosa, l'attacco giusto, per far crollare questa strana atmosfera.

L'auto parcheggiata poco lontano da noi ha la portiera dalla parte del guidatore aperta. La luce gialla dentro l'abitacolo ha qualcosa di freddo e cupo, come cupo è il ronzio sommesso della radio accesa, un pezzo jazz di Chet Baker che dice *la festa è finita, la festa non è mai cominciata...*

– Se volete possiamo partire domattina –. La voce di Lele mi blocca mentre sto addentando il panino. Con la coda dell'occhio vedo che anche Becco ha sollevato lo sguardo su di lui.

– Ci vorranno ancora circa cinque ore, forse qualcosa di piú... Domani siamo a Gallipoli, cosí hai tutto il tempo per parlare con lei...

Io e Becco ci guardiamo. C'è qualcosa che non va in Lele. Becco giocherella con la carta che avvolge il panino, la stropiccia schiacciandola tra i polpastrelli e poi la distende.

– Cosa è successo?

– Niente... – dice Lele.

– Nemmeno tu vuoi partire?

– È che sono stanco, e guidare di notte...

Appoggia il panino mangiato per metà sul suo sacco a pelo, beve un lungo sorso di coca dalla lattina e si alza. Si scrolla le briciole di dosso con piccoli colpi della mano, secchi e precisi, e si dirige verso la macchina. Le mani nelle tasche e le spalle curve.

Ascolta lo stereo al buio, un braccio fuori dal finestrino aperto e l'altro abbandonato sulle gambe. Quando io e Becco saliamo in macchina, Lele gira la testa dall'altra parte. Rimaniamo un po' cosí, in silenzio ad ascoltare il ritmo jazzato dei Morphine, una rincorsa di batteria e sax che riempie l'abitacolo di note calde e scivolose. Ci lasciamo andare sul sedile, io davanti e Becco dietro. Lo sappiamo che Lele deve dirci qualcosa, lo sentiamo, è come una corrente che ci unisce, e quando Lele si sporge in avanti per abbassare il volume capiamo che il momento è arrivato.

– Non è vero che ho dimenticato il carica batterie a casa di Melissa, – dice tutto d'un fiato, gli occhi fissi oltre il quadrato del finestrino, oltre il fuoco a pochi metri da noi, oltre la campagna nera, e oltre il buio che ci avvolge.

– Non è vero che non c'era nessun modo per avvertire qualcuno. Avevo una batteria di ricambio dentro il baule. Avremmo potuto chiamare un carro attrezzi, farci portare a Villafranca, noleggiare un'auto e proseguire.

Le parole di Lele mi arrivano dritte nel cervello. Sono lame che mi passano dentro, ma in modo lento e indolore. Lo ascolto senza muovere un muscolo, e mentre lo ascolto mi rendo conto di non essere affatto sorpreso da quelle parole. Come se in un certo senso sapessi già tutto.

– Forse non ci sarebbe stato comunque modo di proseguire, però resta il fatto che vi ho raccontato una balla... Il fatto è che...

– Allora è vero che non ci volevi andare in Inghilterra? – dico.

– Ormai non ha piú importanza.

Lo guardo. La nuca rasata e la porzione di profilo. Il movimento veloce nella linea della sua gola mentre deglutisce.

– Evidentemente le telefonate che facciamo ci portano sfiga... – sorride. – Stamattina ho chiamato a casa, non so perché l'ho fatto. Mia madre ha detto che è da ieri che cerca di rintracciarmi, e ieri, mentre io ero qui a raccontarti dei miei genitori, Ale, i miei genitori non c'erano piú, mentre ti parlavo di mio padre e del fatto che gli volevo bene lui faceva le valigie e se ne andava. Quando ha visto che non tornavo ne ha approfittato... Non è servito a niente fare di tutto per non partire, non è servito assolutamente a niente... Sono stato uno stupido...

– Lele, tu non potevi sapere...

– Non è quello il punto!

– L'avrebbero fatto comunque!

– Ma perché cosí? Perché in questo modo? Ale, quanto poco devo contare per lui se ha avuto il coraggio di farmi questo?

Dice, non m'importa piú di niente adesso, non mi importa piú di lui. Dice, di lui mi fidavo, gli volevo bene, a lui. Dice, non mi sono mai sentito cosí solo. Dice, mi sono sbagliato e per lui non conto niente. Anche quando mi portava alle giostre e al cinema, a lui, di me non importava nulla.

Dice queste cose, Lele, le ripete e le ripete per sfogarsi e per ferirsi, perché se le cose le diciamo con rabbia tutto il dolore diventa piú sopportabile, come se fosse colpa nostra, e allora forse fa meno male. Dice tutte queste cose, Lele, con la voce che trema e incespica sulle parole e gli occhi lucidi e grandi ma senza lacrime. Perché Lele, a piangere, non è abituato.

Ha una storia assurda, questo viaggio, una storia fatta di incastri e sfumature, di cose imparate e di cose perse. Piccoli tasselli impazziti che cercano un loro ordine, e un gigantesco flipper di palline che si scontrano. Cose di altri che un po' diventano anche tue.

– Io lo sapevo della batteria del telefono.

Io e Lele ci giriamo quasi contemporaneamente. Becco è seduto esattamente al centro del sedile posteriore e ci guarda. Da quando siamo entrati in macchina è la prima volta che parla. E lo fa con quel suo solito modo tranquillo e misurato.

– Quella di ricambio, l'ho vista nel baule il giorno che siamo rimasti a piedi, mentre tu rincorrevi Ale... Io lo sapevo.

– Se lo sapevi perché...

Becco solleva le spalle. – Perché immaginavo avessi un buon motivo per mentire, doveva essere qualcosa di importante... Sapevo che i tuoi si stavano separando e sapevo che per questo non volevi partire per l'Inghilterra. Insomma, a me sembrava un buon motivo...

Lele ci ha guardato. Prima Becco e poi me. Non ha detto niente, non subito. Ci ha fissato con quello sguardo che ho imparato a conoscere da quando questo viaggio è iniziato, lungo, lento e denso. Anche quello di Becco era uno sguardo strano, con quella scintilla in movimento che nemmeno lui aveva prima. Io non lo so come li ho guardati, però quando i Morphine hanno iniziato quella canzone che dice *lo so qual è il problema e lo so cosa c'è che non va perché tu sei come me e io lo so*, ci è venuto da sorridere.

È stato dopo, nel momento in cui il sax si gonfia per spingersi in alto e la batteria si fa lenta e morbida che Lele ha detto quella cosa: *mi vergogno un sacco... ma sono davvero contento che ci siate voi due.*

Non importa se questa notte ci addormenteremo con fatica. Ci basta stare sdraiati attorno al fuoco in silenzio, gli occhi allargati nel buio, a fissare le stelle.

CAPITOLO VENTIDUESIMO

Ripartiamo la mattina dopo verso le nove. Lasciamo l'aia con la sua erba ingiallita dal sole, e i resti del piccolo falò, il circolo di pietre e la cenere spenta. Percorriamo la strada che ci porta al paese quasi in silenzio, il sole che batte sul parabrezza e tutti i finestrini giú perché fa caldo. C'è il mercato stamattina, un'esplosione di colori e movimenti. Lo sventolio leggero dei vestiti appesi in alto, alle travi superiori delle bancarelle, i banchetti di frutta e verdura, il banco del formaggio e dei salami. Un via vai di gente che passa e si ferma, a comprare, a parlare, a contrattare. Un vociare continuo, come un'onda che cresce, un sottofondo di toni acuti, un miscuglio di timbri.

Un gruppetto di bambini in pantaloni corti, le gambe sottili e abbronzate, gioca all'angolo della chiesa. Rincorrono un pallone rosso, di quelli di gomma leggera, stoppandolo e calciandolo, e il fruttivendolo esce sulla soglia del negozio, indica le cassette esposte piene di frutta e verdura e urla qualcosa in un accento stretto dalle vocali aperte e lunghe.

È un senso di familiarità quello che proviamo, quella sensazione di confidenza che prende per i luoghi sconosciuti quando li frequenti, li percorri e li assimili. Come questo paese, che a forza di vederlo e rivederlo, la piazza enorme e disarmonica, le case schiacciate le une contro le altre e il bar con le pareti ingiallite e le cannucce alla porta, alla fine estraneo non lo è piú.

Il barista dice che *Aristide non viene mai la mattina, ma stamattina è arrivato alle otto perché se lo sentiva che partivate e vi voleva salutare*.

Becco non voleva ripartire senza aver salutato il vecchio.

È seduto al suo solito posto, il volto immobile e gli occhi stretti in un'espressione concentrata che si allargano un po' quando ci riconosce. È Becco ad avvicinarsi per primo. Gli si china di fronte e tutto quello che dice, piegando le labbra in un sorriso che a me e a Lele sembra commosso, è un semplice grazie di tutto. E allora gli occhi del vecchio, piccoli e scuri sotto le palpebre, per un attimo si illuminano.

– Buona fortuna, giovane Rimbaud.

Sulla soglia ci voltiamo un'ultima volta. Il vecchio ha un braccio alzato in segno di saluto e sorride. Quel sorriso un po' buffo e malinconico che hanno solo i vecchi.

Lele non vuole correre in autostrada. Dice che ha paura che succeda qualcos'altro, un altro guasto. Sarebbe il colmo della sfiga, dice. Ma la Mercedes è una macchina grande, potente, e se vai piano ti sembra di essere fermo. E cosí, col piede che scivola facilmente sul pedale dell'acceleratore, non ci vuole niente a fare i centosessanta. Non c'è nemmeno molto traffico, stamattina. Niente camion, solo poche auto che si rincorrono veloci, e che rallentano un po' prima di una curva. Non ci sono quasi gallerie in questo tratto, un paio appena dopo Pescara e basta. Non come prima, tre giorni fa, che tra San Benedetto del Tronto e Pescara è tutta una galleria. Non si vede nemmeno il mare, adesso. L'autostrada è un serpente che aggira gli ostacoli, snodandosi come un grosso fiume nero tra i tratti collinari e i paesi. Ci sono un sacco di paesi in questa zona. Fette di strade a gomito che corrono di fianco, sotto e sopra l'autostrada.

Nel cruscotto ho trovato una vecchia cassetta, un'antologia di pezzi jazz, Duke Ellington, Louis Armstrong, Charlie Barnet, Benny Goodman, swing veloci di tromba e clarino, ritmi pieni e ritmati, limpidi. Lele ha detto che era di suo padre, la cassetta, e voleva buttarla fuori dal finestrino. Io gli ho detto che non era giusto.

– E perché? – ha risposto lui.

– Non lo so, ma non mi sembra corretto.

– Ale, non parlarmi di correttezza, – ha detto.

– Se vuoi la rimetto dove l'ho trovata, ma buttarla via...

– Okay, okay, senza bisogno di fare quella faccia... Se ti va l'ascoltiamo...

– Se ti dà fastidio...

– Non mi dà fastidio.

– Davvero, guarda che...

– Ale, non mi dà fastidio...

– Dài, fa lo stesso...

– Insomma, la vuoi sentire sí o no?

– Sí.

– Okay, allora mettila su.

Le note sincopate riempiono subito l'abitacolo. Mettono allegria cosí veloci, alte e secche. Non lo so cosa pensa Lele in questo momento, se quella cassetta gli ricorda suo padre, se magari durante un giro in macchina l'hanno ascoltata insieme, non lo so. Una musica o una canzone anche allegra mette tristezza se l'hai ascoltata con chi adesso non c'è piú. A me succede con gli Oasis, o con gli U2 che non riesco piú a sentirli perché mi ricordano lei. Ma dopo un po' ho visto che Lele batteva il pollice sul volante e muoveva la testa, a ritmo, e allora mi sono detto che forse lui, quella cassetta, era la prima volta che la sentiva.

Poco prima dell'uscita per Termoli ci fermiamo all'autogrill. Compriamo le solite cose, qualche panino, una bottiglia d'acqua e un paio di lattine di coca. Mentre Becco fa la fila alla cassa io e Lele andiamo alla toilette.

Quando esco dal bagno, Lele, che si sta lavando le mani nel lavandino, mi guarda attraverso lo specchio. – Sei uno straccio, –

dice. – Dovresti risistemarti un po', farti la barba... Non vorrai mica presentarti da lei in queste condizioni?

– Andiamo... Non ci farà nemmeno caso...

– Guardati.

Mi guardo. I capelli mi spiovono sulla fronte, ho gli occhi segnati e una peluria sparsa sopra il labbro e sul mento.

– E quella maglietta? Sembra che tu ci abbia dormito tutta la notte.

– Ci ho dormito tutta la notte.

– Senti, adesso ti cambi, ti lavi e ti fai la barba –. Mi porge la schiuma da barba e un rasoio nuovo e sorride. – Avanti, – dice.

– E tu? – Anche lui ha il volto segnato, i capelli arruffati e qualche pelo che gli spunta sul mento.

– A me non serve, non sono io che devo incontrare...

– Lele che hai?

– Niente.

– Non è vero. Non è da te andare in giro cosí.

Lele si guarda allo specchio e si passa una mano sui capelli. Appoggia entrambe le mani sul bordo del lavandino, stringendolo. Non sorride piú, adesso.

– Ora il mio cellulare funziona, – dice dopo un po', – c'è la batteria, allora perché non mi ha chiamato?

– Dagli tempo, forse non è un gran momento nemmeno per lui.

Lele scuote la testa. – No... Io mi fidavo, è mio padre... Sai quanto mi ha dato di soldi per questo viaggio? Dovevano essere due giorni e lui sai quanto mi ha dato?

– No.

– Un milione in contanti e il suo bancomat. E la macchina? Dovrei sentirmi fortunato... Ti ricordi quando siamo partiti? *Mio padre mi ha dato anche la Mercedes...* Che stronzo, sono solo uno stronzo.

– Ti stai facendo del male per niente...

– Che cazzo me ne faccio dei suoi soldi e della sua macchina?

– Lele...

– Ale, io non ci voglio tornare a casa. Ho paura di tornare. Forse sono piú viziato di quello che credo, forse sto facendo un dramma per niente, ma mi sento come se tutta la mia vita fosse saltata per aria...

– Benvenuto nel gruppo.

Non ci siamo nemmeno accorti di Becco. È sulla soglia della toilette, la bottiglia d'acqua sotto un braccio, il sacchetto coi panini sotto l'altro e le due lattine di coca in mano.

– Benvenuto fra coloro che a casa «manco col cavolo che ci vogliono tornare», – ripete con un sorriso. – Comunque a me non sembra che il viaggio sia finito, no? Chi se ne frega di tuo padre e chi se ne frega del mio romanzo, adesso dobbiamo pensare ad Ale.

Io e Lele ci scambiamo un'occhiata.

– Avanti, Lele, – dice Becco. – Chi-sse-ne-ffre-ga!

Lele si copre gli occhi con una mano e sorride. Poi allarga le braccia e dice: – Okay, hai ragione...

– Chi se ne frega?

– Sí, sí, chi se ne frega...

– E tu fatti la barba che sei pietoso!

Quando arriviamo dalle parti di Foggia, Becco si appoggia con un gomito al mio sedile, spinge la testa in avanti, tra me e Lele e dice: – Una volta mi sono innamorato.

– Cosa? – dice Lele.

– Dai dieci ai quattordici anni sono venuto con i miei genitori in vacanza proprio qui, sul Gargano.

– E dove? – dico io.

– A Vieste. La cosa strana è che me lo sono ricordato adesso, non ci avevo piú pensato per anni.

– E lei? Come si chiamava? – dice Lele. Si è tolto gli occhiali e guarda Becco attraverso lo specchietto retrovisore.

– Alessandra, era la figlia dei padroni dell'albergo. Mi ricordo che aveva un sacco di capelli, castano chiaro, lunghi fino alle spalle e tutti ricci. Sua madre le metteva sempre un fiocco enorme in testa per tenerglieli indietro e lei puntualmente, quando andavamo in spiaggia se lo toglieva perché diceva che cosí sembrava proprio cretina, un uovo di pasqua, diceva. Era carina...

– Wow, – dice Lele, – allora anche i secchioni si innamorano. E cosa facevate? Le recitavi poesie?

– Non dire scemenze, no! Anzi, ci divertivamo un sacco. Lei aveva tantissimi amici, però quando arrivavo io, ad agosto, sembrava che degli altri non le importasse piú, stavamo sempre da soli. È stata lei che mi ha insegnato a nuotare. La sera usciva sempre con me e i miei genitori e a volte scappavamo dalla spiaggia, il pomeriggio, e andavamo a girare per Vieste.

– E poi? Che è successo? – chiedo.

– Durante l'inverno ci scrivevamo, e facevamo progetti per l'anno dopo. L'ultimo anno che sono andato lí, quando l'ho rivista per poco non mi prendeva un colpo. Avete presente no, che le donne si sviluppano prima? Be', insomma lei era...

– Sviluppata? – dice Lele.

– Sí, e non solo in altezza. Era piú alta di me di una spanna... comunque era assolutamente fantastica.

– E allora?

– Ci siamo baciati...

– Cosí, senza... – dico io.

– Baciati e basta? – dice Lele.

– No, non cosí... Cosa vuol dire baciati e basta, avevamo quattordici anni!

– Io a quattordici anni...

– See, chissà che facevi a quattordici anni, ma piantala...

– Tu ridi, ma...

– Dài, Lele, fallo finire...

– Okay, okay, dicevi?

– Niente... Mi ero innamorato. È stata la piú bella estate di tutta la mia vita. Sembrava tutto diverso, piú bello...

– E poi? – dice Lele.
– E poi niente, quello è stato il mio ultimo anno, da allora non ci sono piú tornato...
– E lei?
– Ci siamo scritti per un po', e poi sapete come succede, le cose finiscono, si cresce... Non lo so che fine ha fatto.
– Non ce lo avevi mai detto, – dice Lele.
– Non me lo avete mai chiesto.
– E se la rivedessi adesso? – chiedo.
– Non lo so... Ormai è passato, è un ricordo. Anche Vieste mi piaceva, ma è passato. È un ricordo anche quello, adesso.
Sorride, Becco, uno strano sorriso, malinconico. Poi si passa una mano fra i capelli, lentamente, per tirare indietro il ciuffo che gli scende sulla fronte.

Ci fermiamo a fare benzina in un autogrill prima di Bari. È da poco passato mezzogiorno, ma viaggiare sotto questo sole ci ha stancato. Parcheggiamo l'auto all'ombra e scendiamo a sgranchirci le gambe. Compriamo qualcosa di fresco da bere e ce ne stiamo cosí per un po', seduti sotto un gruppo di alberi, immersi nel rumore delle auto che passano.

Da Bari la superstrada che porta a Brindisi costeggia il litorale. Alla sinistra il mare blu e liscio come una tavola, e a destra il paesaggio brullo della Puglia. Ho dato il cambio a Lele perché lui era stanco di guidare. Ogni tanto lo spio e cosí abbandonato sul sedile con le gambe allungate sotto il cruscotto, stanco mi sembra davvero. Con la barba di due giorni, peli scuri sparsi un po' a casaccio sulle guance e sotto il mento e i capelli flosci e senza gel, non sembra nemmeno piú il Lele di quando siamo partiti cinque giorni fa. Stamattina non si è nemmeno cambiato la polo.
Becco, dietro, sfoglia svogliato il giornale che ha comprato in autogrill. I suoi libri, che di solito cercava di tenere impila-

ti nonostante il movimento della macchina, sono scivolati l'uno sull'altro lungo il sedile. Una lingua spessa e dura di scaglie colorate.

La macchina continua a inghiottire asfalto e a superare altre macchine. Pur stando attento alla strada, a tratti mi accorgo di distrarmi. Le case bianche e squadrate, le strade polverose e piccole oltre i guardrail e poi questo mare liscio, immenso e blu alla mia destra. I Beatles che dalla radio cantano *And I love her*.

A Brindisi rientro in autostrada direzione Lecce. Appena quaranta chilometri che scivolano via come se niente fosse. Il paesaggio che scorre inafferrabile tra un bordo e l'altro del finestrino alla mia sinistra è la misura esatta della distanza che si accorcia.

All'improvviso la consapevolezza dell'arrivo mi si stacca dal fondo della mente, un pezzo dopo l'altro come croste giganti di vernice secca. La meta che, da quando siamo partiti fino a pochi giorni fa e fino a stamattina, mi sembrava un'idea astratta, vaga e sfumata, adesso si precisa, esce dal limbo e acquista pesantezza. Tutto quello che è successo durante questi ultimi cinque giorni riempie lo spazio tra i due estremi, la partenza e l'arrivo, e si dilata dentro di me come una macchia di olio che si allarga, lenta e precisa. Sono passati secoli da quando siamo partiti e adesso il viaggio sta per finire. Ma io non voglio che finisca e non lo vogliono nemmeno Lele e Becco, non lo vogliono nemmeno loro perché arrivare significa tornare indietro, ripercorrere la strada a ritroso e ritornare a casa. E cosí, mentre guido troppo veloce mi rendo conto che durante questi ultimi cinque giorni il pensiero di lei si è fatto meno intenso, quasi sospeso e in un certo senso lontano. Ci sono state altre cose e adesso che il viaggio sta per finire lei è tornata. Dolorosa e reale come un pugno nello stomaco.

L'anno scorso l'avevo raggiunta in treno. I suoi genitori e lei erano venuti a prendermi a Lecce, e l'ultimo tratto di strada fino a Gallipoli l'avevo fatto in macchina, come adesso. Quello che mi stupisce è che la memoria di questi posti è piú precisa di quello che credevo. Ma quello che provo, nell'istante in cui riconosco lo svincolo, non è affatto malinconia. È disagio e rabbia per essermi ricordato della direzione cosí facilmente.

Dritto per qualche chilometro, girare, e poi ancora dritto. Fino a Gallipoli.

CAPITOLO VENTITREESIMO

Non me la ricordavo cosí. Almeno la città, Gallipoli, cosí non me la ricordavo. Becco e Lele non ci sono mai stati, ma io sí, io ci sono stato. Ci sono stato l'anno scorso, piú o meno nello stesso periodo, ma cosí non me la ricordavo. E non parlo dell'atto di riconoscere, la struttura della città, le strade, l'agglomerato urbano. Parlo del ricordare, di ritrovare un nesso con la propria memoria e con tutta una serie di sensazioni. Mi piaceva Gallipoli, mi piaceva perché semplicemente c'ero stato con lei, ma adesso che ci passo attraverso non mi sembra altro che un'infinita processione di case e palazzi, bianchi e bassi, stretti in una morsa di caldo immobile e soffocante.

Attraverso il centro e mi butto sul lungomare. Lele e Becco hanno abbassato il loro finestrino. Lele addirittura sporge la testa fuori per guardare il via vai di macchine e la gente che attraversa la strada per scendere alla spiaggia. Una fila a perdita d'occhio di auto parcheggiate, il sole che batte sui vetri e torna indietro, una sequenza interminabile di riverberi accecanti. L'aria che entra dai finestrini e che si trasforma in un calore fermo e denso ogni volta che sono costretto a rallentare e a fermarmi. Non mi piace, non era il posto che ricordavo, non era cosí che all'inizio, prima della partenza, prima del viaggio, avevo immaginato il mio arrivo. E non mi piace nemmeno la strada che devia e che conduce fuori, a Baia Verde, dove abitano i suoi zii. Una specie di zona residenziale immersa nel verde, una macchia lussureggiante di alberi bassi, verdi e rossi, con le sue ville bianche e grandi che spuntano come sassi, iceberg di pietra ancorati alla terra. Non mi piace perché mi sembra tutto immobile e senza vita, uno scatto fotografico fatto senza averci messo l'anima. Ecco cosa mi sembra questo posto: una dimensione lontana e senza significato, irritante e fastidiosa come questo sole che aderisce alla pelle e non fa respirare.

– Magari noi andiamo a farci un giro, – dice Lele. – Scendiamo alla spiaggia, ci facciamo un bagno, non so...

– Certo... – dice Becco. – E tu Ale... be', fai con calma, insomma... non abbiamo fretta, noi...

Ho parcheggiato l'auto poco lontano dalla casa, all'ombra, dall'altra parte della strada. Non ho nessuna voglia di scendere. È un attimo lungo di silenzio, di imbarazzo, quasi. Non ci guardiamo neanche in faccia. I miei occhi sono agganciati a un ramo pesante di foglioline verdi che dondola elastico fino a sfiorare il cofano. Ad un certo punto sento la mano di Lele sul mio braccio.

– Ce n'è voluto, ma alla fine ce l'abbiamo fatta, – dice con un sorriso.

– Già.

– E allora cosa aspetti?

– Non lo so.

– Avanti... Magari ti chiede anche di restare.

– Seee, ciao...

– Se non ci provi non lo scoprirai mai.

– Già...

– Forza!

– Allora vado...

– Vai!

– Vado...

– Ehi Ale! In bocca al lupo!

Avevo già attraversato la strada quando Becco ha gridato. Mi sono voltato e loro erano lí che mi sorridevano, mezzi fuori dai finestrini, con un braccio teso e il pollice sollevato.

Fa una faccia strana quando mi vede. Non è né sorpresa né stupita. Spaventata, è il termine giusto. Quando ho suonato il campanello, l'ho sentita gridare *vado io*, forte. Forse erano seduti tutti nella veranda sul retro. Le voci che sentivo attraverso la porta provenivano da lí, quella di suo padre e quella di sua madre, di suo fratello piccolo, delle zie, degli zii, e della nonna. L'ho sentita attraversare la sala di corsa, i piedi nudi che battevano con piccoli schiocchi morbidi il pavimento di ceramica. Ha anche riso mentre correva alla porta. Una battuta di suo zio in quel dialetto incomprensibile fatto di consonanti dure e di vocali soffocate. E ce l'aveva anche quando ha aperto la porta quel sorriso, ma le è durato sulle labbra una cosa come mezzo secondo. Mezzo secondo e la sua mobilità facciale ha coperto tutto lo spettro delle espressione possibili per andare a congelarsi, alla fine, in quell'unica espressione che non avevo contemplato, lo spavento.

– Ale, che cavolo ci fai qui!

Mi sembra piú bella del solito, cosí abbronzata, e con quella minigonna di jeans stretta e corta e quella minuscola canottiera a righine bianche e blu. I capelli poi, col sole sono diventati ancora piú chiari, quasi biondi. Sedici anni, la piú bella ragazza della scuola e di sicuro di tutta la spiaggia.

Esce sul patio e accosta la porta. Tiene una mano sul pomello e non sembra per niente contenta di vedermi.

– Si può sapere che sei venuto a fare?

È stato bello la prima volta che abbiamo fatto l'amore, in silenzio e quasi di nascosto perché di là c'erano i suoi e potevano sentire. È stato bello perché è stato come scivolare sull'erba bagnata e poi salire in alto, come se tutto quello che avevamo sempre fatto fosse stato solo quello, scivolare sull'erba e risalire. È solo quella l'immagine che mi balza dentro, solo quell'attimo, solo quell'istante assoluto. Il resto è tutta confusione, sovrapposizioni, attimi che girano su se stessi, che si perdono e scolorano.

– Mi vuoi rispondere?

Quello che provo, adesso che lei è qui di fronte a me, è solo una tensione dentro, una nebbia colorata di sensazioni, solo una gran voglia di fare un salto indietro nel tempo perché tutto possa tornare come prima, perché lei mi manca e mi manca ancora di piú adesso che ce l'ho di fronte. E poi, mentre sono lí, intontito dalla consapevolezza di essere a pochi centimetri da lei, con il cuore che mi batte, stremato e felice come un cavaliere medievale che ha attraversato mari, monti, e avventure, perché in un certo senso è quello che ho fatto, insomma, mentre sono lí con tutto questo tumulto dentro, lo vedo.

Cosí, semplicemente.

Apre la porta e con un sorriso da ebete stampato su quella faccia da imbecille patentato, dice: – Micina, ma chi è?

– Filippo! Che cazzo ci fa lui qui!

– Che cavolo ci fai tu!

– Filippo, vai dentro... – dice lei con un filo di voce, all'improvviso senza abbronzatura e con le mani che le tremano.

– Non ci penso nemm...

– Vai dentro!

Filippo torna dentro, rapido come un cagnolino impaurito, e chiude la porta. Io e lei ci guardiamo, e mi sembra dolce adesso il suo sguardo. Io, non so se mettermi a piangere o se prendermi a sberle.

– Mi dispiace, – dice.

Mi siedo sui gradini del patio, non ho piú voglia di guardarla. Lei si siede di fianco a me. Sa di olio solare e di acqua di mare, la sua pelle. Un odore che mi scende giú nel naso per fermarsi sulla lingua, come un sapore. Dolce e salato.

– L'hanno scorso c'ero io qui con te, – dico.

– Lo so...

– Da quanto va avanti?

– Da prima dei tuoi esami.

– Perché non me l'hai detto?

– Perché non volevo che ti distraessi, avevi gli esami...

– Cazzate! – dico. – Gli esami li ho finiti da un pezzo, no? A me sembra di averli finiti, no?

– Non volevo farti del male...

– Adesso capisco perché da un giorno all'altro hai smesso di amarmi! Perché c'era Filippo!

– Ale, io...

– Sta' zitta!

– Ale...

– Ho fatto quasi mille chilometri per venire qui, volevo capire, volevo capire com'era potuto succedere, e invece arrivo qui...

– Mi dispiace... Te l'avrei detto...

– Ah, sí? E quando? A settembre?

– Senti! Ti ho detto che mi dispiace! – Si è alzata in piedi, di scatto. – E poi non è colpa mia se ti sei dovuto fare questo viaggio per niente! Non ti ha obbligato nessuno e non te l'ha nemmeno chiesto nessuno!

Sí, è vero. Non me l'ha chiesto nessuno. E non è nemmeno colpa tua se io sono qui.

All'improvviso sento come un *clic* dentro di me, qualcosa che si rompe in lontananza, qualcosa che si rovescia con un tonfo secco e veloce. E mentre la guardo penso che a volte la realtà sceglie delle vie strane per manifestarsi. Ti fa girare a vuoto, ti rincorre, e ti illude. E poi, quando meno te lo aspetti, si toglie la maschera e ti dice che il gioco è finito.

Ho voglia di camminare. Ho voglia di iniziare a camminare, lentamente, un piede dopo l'altro e seguire la strada. Qualsiasi strada va bene, l'importante è andare, allontanarmi e perdermi un po'.

Devo tenere la testa leggermente bassa e gli occhi socchiusi, fissi sulla punta delle mie scarpe perché il sole è ancora forte e mi batte direttamente sulle palpebre. È fastidioso, ma chissà, magari mi abbronzo. L'importante adesso è camminare senza fretta e aspettare che questa sensazione di sconfitta o di rabbia o di delusione si dilegui, evapori, si riassorba come un'infezione. Cerco di non perdermi nei dettagli, non lo so esattamente perché, ma questa volta non mi ci voglio perdere nei dettagli. Voglio che questa sensazione di fastidio se ne vada, questa sostanza senza forma che è il disagio voglio che vada via. I due anni insieme a lei si sono sbriciolati, si sono sciolti e sono stati risucchiati indietro, lontano, nel nulla piú assoluto. Tutto finito, tutto bruciato, tutto come se non ci fosse mai stato. Una parentesi della mia vita che si è conclusa, una pagina che si è girata indipendentemente dalla mia volontà. La vita non è altro che un susseguirsi di pagine che si girano da sole, di parentesi che si chiudono, e di scatole cinesi. Momenti che sfuggono e che si esauriscono. Tappe, passaggi, soste e altri passaggi. Forse è cosí che deve andare. Sicuramente è cosí. Svolte improvvise, ostacoli, illusioni e scorciatoie. È cosí per Becco, è cosí per Lele, ed è cosí per me. È solo un meccanismo, un congegno preciso e perfetto, l'unico che riesce a governarci. L'unico, in fondo, che riesce a farci crescere.

Ma adesso camminare è l'unica cosa importante, andare per un po', senza fretta e senza troppi pensieri in testa. Mi ci devo abituare a questa pagina che si è girata.

CAPITOLO VENTIQUATTRESIMO

C'è solo la macchina di Lele. Quando sono sceso sul lungo mare, verso le otto, l'ho riconosciuta subito. Era parcheggiata tutta storta al limite della spiaggia, ricoperta da uno strato sottile di sabbia. Forse era lí dal pomeriggio.

Loro due sono seduti vicino alla riva. Passo di fianco alla macchina e affondo le scarpe nella sabbia. È di un colore dorato la sabbia al tramonto, gli ultimi raggi del sole ci arrivano di striscio, radenti, e la fanno sembrare un'immensa distesa di polvere d'oro. Mi incammino verso Lele e Becco. Li vedo gesticolare, vedo le loro sagome in contro luce e sono nere, due corpi scuri contro il sole arancione, incandescente. È davvero un bel tramonto, sono belli i tramonti sulla spiaggia, silenziosi e caldi. Il cielo è tutto uno sfumarsi di colore. L'intera tavolozza è lí, in quella porzione di cielo, nel momento esatto in cui il sole scivola dentro l'acqua. Rosso come il succo delle arance, le sanguinelle.

Stanno parlando Becco e Lele, ma non riesco a sentire cosa si dicono. C'è il rumore delle onde, piccole e basse, che si infrangono sulla riva. Un canto sottile, una ninna nanna sottovoce, un mormorio, o una nenia lenta e perfetta. Lingue di acqua che leccano la riva.

Mi avvicino barcollando perché mi fanno male i polpacci e perché camminare sulla sabbia è faticoso. I muscoli di tutto il corpo si tendono e si contraggono per mantenere l'equilibrio.

Sono a pochi metri da loro quando Becco volta la testa di scatto e mi vede. Anche Lele gira la testa, di riflesso. Sono diversi. Becco ha la camicia aperta, il volto arrossato dal sole e i capelli induriti dall'acqua e dalla sabbia. Lele è a petto nudo, la sua polo di marca attorno al collo tutta sdrucita, arrotolata come un asciugamano, e i capelli dritti. Ma non dal gel questa volta, dalla salsedine. Lo capiscono subito, dalla mia faccia, che il mio incontro è andato male.

– Ci dispiace, – dice Lele.

– Me lo aspettavo, – dico. Mi siedo di fianco a loro. – Ma che avete fatto? Avete delle facce...

– Abbiamo fatto il bagno, – dice Becco, – e Lele ha scoperto che riesce a cuccare anche spettinato e con la barba. Un vero traguardo...

Ridiamo.

– A parte gli scherzi, – continua Lele. Mi guarda serio. – Com'è andata?

Mi sdraio, le braccia incrociate dietro la testa, e sospiro. – Male. Sapete chi ho trovato a casa sua?

– Chi?

– Filippo.

– Quello di terza C? – dice Lele sorpreso.

– Sí.

– Non è possibile... Quello con la faccia da imbecille patentato? – dice Becco.

– Esatto.

– Quello che all'esame di maturità ha detto che D'Annunzio era un *estetista?*

– Sí...

Ci guardiamo in faccia e scoppiamo a ridere.

– E insisteva anche... Diceva: *sí, sí un estetista, come Oscar Wilde...*

Un gabbiano attraversa il cielo. Canta in quel modo struggente come solo i gabbiani fanno, scuotendo l'aria, lacerandola.

Lo guardiamo planare fino a sfiorare il pelo dell'acqua e poi risalire, le ali sottili che sbattono leggere per riprendere quota. E poi si allontana di nuovo, sospeso nel cielo, solitario.

– Ale, ci dispiace davvero, – dice Becco.

– Speravamo che almeno a te andasse meglio, – dice Lele. – Voglio dire... non è che sia stato un gran viaggio, insomma ognuno di noi si è preso una bella batosta...

– Già...

– Se non c'eravate voi non so come avrei fatto...

– Nemmeno io, – dice Becco. – Però ci siamo anche divertiti, no?

Io e Lele lo guardiamo. Sarà per la luce, ma gli occhi di Becco brillano in uno strano modo. – Io non mi sono mai divertito cosí tanto.

– Be', effettivamente, – dico. – Becco, tu dovevi vedere la faccia di Lele quando abbiamo forato...

– Credevo di morire dal ridere quando è rientrato in macchina con quel cerchio nero sulla maglia... E gli *Harleyisti*?

– È vero, è vero, – dice Lele ridendo. – Sembrava di essere in un film. Abbiamo fatto una volata pazzesca...

– E la mattina a San Marino, – dico, – quando sei arrivato tutto pimpante con quelle brioche? Tutto quello zucchero a velo...

– E lui che diceva *questo è deficiente, questo è deficiente...* Accidenti, nemmeno io mi sono mai divertito cosí... È stata un'avventura, cinque giorni solo per arrivare a Gallipoli...

– Già, e adesso è finita, – dico.

Ci lanciamo un lungo sguardo. Abbiamo condiviso qualcosa di importante, insieme. Non lo so cos'è, forse la certezza di aver perso qualcosa, o forse, semplicemente la sensazione che qualcosa è cambiato non solo fuori ma anche dentro di noi.

– Sono contento che mi abbiate accompagnato, – dico. La mia voce si confonde col mormorio dell'acqua.

– Continueremo a vederci, vero? – chiede Lele. – Non ci perderemo di vista anche se andremo all'università? Perché di solito succede cosí, si è tanto amici, poi non appena le strade si dividono ci si perde, si conosce altra gente, si fanno altre amicizie e cosí... e cosí...

Guarda verso il mare, Lele. Sembra tutto piú triste adesso perché quella cosa sull'amicizia è vera, perché le cose cambiano e noi non possiamo farci niente, anche quelle che sembrano importanti e insostituibili non durano per sempre.

È buio quando ripartiamo. La luna quasi piena rischiara le campagne attorno. È la prima volta che viaggiamo di notte, la luce bianca dei fari sulla strada e le luci della città che ci lasciamo alle spalle. Siamo arrivati a Lecce in meno di mezz'ora, la radio a tutto volume e senza scambiarci nemmeno una parola.

Non è come all'inizio. Questo è un viaggio di ritorno ed è triste proprio come tutti i viaggi che ti portano dove non vuoi andare. Tornare è lasciarsi indietro un pezzettino di anima, e noi questo lo sappiamo.

È stato mentre ci avvicinavamo all'imbocco dell'autostrada che Lele ha fermato la macchina e ha detto quella cosa. Teneva gli occhi fissi di fronte a sé e parlava lentamente. Dapprima sembrava un discorso senza senso, come se parlasse a se stesso, e poi, mano a mano che le parole gli uscivano dalle labbra io e Becco abbiamo capito.

In questi cinque giorni sono successe un bel po' di cose brutte, un sacco di delusioni... però ci siamo anche divertiti... chi l'ha detto che le cose devono sempre finire, possono anche ricominciare a volte, e questo è il nostro momento, se non lo facciamo adesso che abbiamo diciotto anni, non lo faremo piú, gli amici fanno un sacco di cose insieme e piú cose condividono piú diventano amici, e dopo nessuno riesce a dividerli, nemmeno gli anni che passano... nessuno li divide gli amici...

Ci siamo guardati a lungo, immobili, il respiro trattenuto in fondo alla gola. Non c'è stato bisogno di aggiungere altro. Questo era il nostro momento, questa la nostra estate e questo il nostro viaggio. Siamo scoppiati a ridere. E quando Ligabue ha iniziato a cantare *certe notti la macchina è calda e dove ti porta lo decide lei*, è stato quello il momento in cui è successo. Il momento esatto in cui Lele ha ingranato la prima e ha fatto inversione.

INDICE

p. 11 Capitolo primo
13 Capitolo secondo
19 Capitolo terzo
23 Capitolo quarto
26 Capitolo quinto
29 Capitolo sesto
32 Capitolo settimo
37 Capitolo ottavo
40 Capitolo nono
46 Capitolo decimo
50 Capitolo undicesimo
61 Capitolo dodicesimo
65 Capitolo tredicesimo
71 Capitolo quattordicesimo
82 Capitolo quindicesimo
89 Capitolo sedicesimo
94 Capitolo diciassettesimo
106 Capitolo diciottesimo
115 Capitolo diciannovesimo
122 Capitolo ventesimo
126 Capitolo ventunesimo
131 Capitolo ventiduesimo
140 Capitolo ventitreesimo
146 Capitolo ventiquattresimo

NELLA STESSA COLLANA:

Valentina Misgur, *Trovami un giorno*

Francesca Longo, *Come ti sequestro la prof*

Sophie McKenzie, *Sei passi per conquistare una ragazza*

Sabrina Rondinelli, *Camminare correre volare*

Deborah Gambetta, *Viaggio di maturità*

Francesca Longo, *In gita di distruzione*

Finito di stampare nel mese di febbraio 2009
per conto delle Edizioni EL
presso Grafica Veneta S.p.A., Trebaseleghe (Pd)